A GUERRA

MICHAEL MCDOWELL

A GUERRA

BLACKWATER · IV

TRADUZIDO POR FABIANO MORAIS

ARQUEIRO

Título original: *The War*

Copyright © 1983 por Michael McDowell
Copyright da tradução © 2025 por Editora Arqueiro Ltda.

Edição publicada mediante acordo com The Otte Company,
por meio da Piergiorgio Nicolazzini Literary Agency (PNLA)
junto com a LVB & Co. Agência e Consultoria Literária.
Todos os direitos reservados. Nenhuma parte deste livro pode ser
utilizada ou reproduzida sob quaisquer meios existentes
sem autorização por escrito dos editores.

coordenação editorial: Gabriel Machado
produção editorial: Guilherme Bernardo
preparo de originais: Victor Almeida
revisão: Midori Hatai e Suelen Lopes
diagramação: Abreu's System
capa: Monsieur Toussaint Louverture e Pedro Oyarbide
adaptação de capa: Ana Paula Daudt Brandão e Pedro Oyarbide
impressão e acabamento: Lis Gráfica e Editora Ltda.

CIP-BRASIL. CATALOGAÇÃO NA PUBLICAÇÃO
SINDICATO NACIONAL DOS EDITORES DE LIVROS, RJ

M144g

McDowell, Michael, 1950-1999
   A guerra / Michael McDowell ; tradução Fabiano
Morais. – 1. ed. – São Paulo : Arqueiro, 2025.
   272 p. ; 16 cm.   (Blackwater ; 4)

   Tradução de: The war
   Sequência de: A casa
   Continua com: A fortuna
   ISBN 978-65-5565-803-3

   1. Ficção americana. I. Morais, Fabiano.
II. Título. III. Série.

25-96772.1   CDD: 813
                                 CDU: 82-3(73)

Gabriela Faray Ferreira Lopes – Bibliotecária – CRB-7/6643

Todos os direitos reservados, no Brasil, por
Editora Arqueiro Ltda.
Rua Artur de Azevedo, 1.767 – Conj. 177 – Pinheiros
05404-014 – São Paulo – SP
Tel.: (11) 2894-4987
E-mail: atendimento@editoraarqueiro.com.br
www.editoraarqueiro.com.br

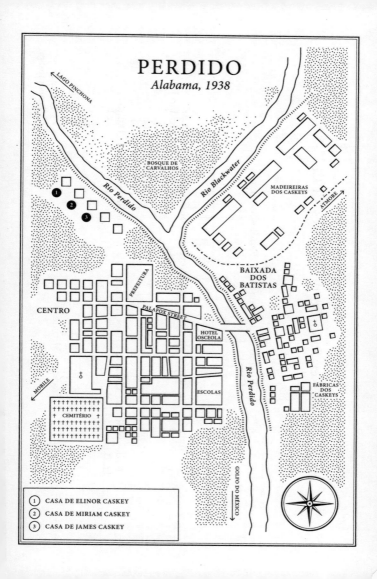

As famílias
Caskey, Sapp, Snyder e Welles – 1938

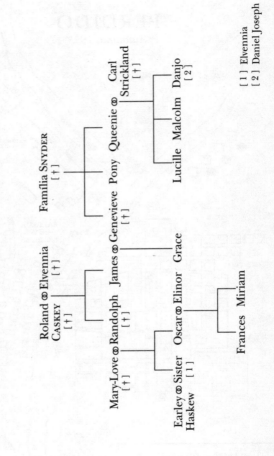

[1] Elvennia
[2] Daniel Joseph

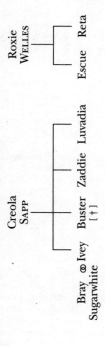

CAPÍTULO 1
Na praia

Mary-Love morrera havia dois anos. Nos meses que se seguiram ao funeral, os Caskeys ficaram atentos às transformações na configuração da família. Foram lentas e sutis. Elinor, Oscar e Frances pouco mudaram, embora o temperamento de Elinor parecesse mais brando agora que sua principal rival e inimiga tinha sido enfim derrotada pela morte. Frances, com 16 anos, estava no segundo ano do secundário. Os três longos anos que passara acamada devido às fortes dores da artrite pareciam distantes e às vezes apenas inquietantes.

Na casa ao lado, Sister Haskew não havia voltado para o marido. Early cumpria a obrigação de sempre aparecer no Natal e, no máximo, mais uma ou duas vezes no ano. A cada visita o casal parecia mais distante. Mas nenhum dos dois reconhecia isso.

– Early viaja muito – comentava Sister. – Nunca vou conseguir acompanhar o ritmo dele. Prefiro ficar aqui em Perdido com Miriam, que precisa de mim.

A última parte dessa afirmação não era verdadeira, pois Miriam, com 18 anos, julgava não precisar de ninguém. Via-se como a herdeira legítima da avó. O dinheiro, as ações e os títulos tinham sido repartidos igualmente entre Sister e Oscar, mas isso não era o mais importante. Ela herdara a casa de Mary-Love, bem como a inimizade com Elinor Caskey, mesmo sendo sua filha.

Miriam não falava com a mãe quando cruzava com ela na rua, nem sequer acenava da janela de sua casa. Cumprimentava o pai com um desgostoso aceno de cabeça. E, para Frances, nunca deixava de ter uma palavra cruel sempre que encontrava a irmã na escola.

Sister e Miriam, sua sobrinha irredutível, formavam uma família infeliz, sempre à flor da pele, ambas oprimidas pelas nuvens carregadas de seus segredos. Sister jamais admitiria que não amava mais o marido e que, na verdade, temia até mesmo as breves e infrequentes visitas dele. Miriam, por sua vez, não declarava abertamente sua hostilidade em relação à mãe por medo de ser esmagada pela superioridade estratégica e pela experiência da mulher em conflitos.

Na outra casa vizinha, James Caskey envelhecera. Estava muitíssimo feliz em criar Danjo, seu sobrinho, já com 14 anos. Danjo o adorava e nunca fazia nada para irritá-lo ou desapontá-lo. Já seus irmãos mais velhos, Malcolm e Lucille, não se cansavam de causar problemas para a mãe, Queenie Strickland.

Malcolm tinha 20 anos e parecia incapaz de ser alguém na vida. Chegara a encontrar trabalho em Cantonement, mas durou apenas uma semana lá. Um segundo emprego em Pensacola durou menos ainda. Quando voltou a morar com a mãe em Perdido, implorou que lhe arranjasse uma vaga na madeireira. Agora, Malcolm estava encarregado de uma trituradora, mas, como era desatento, corria o risco constante de perder um braço (ou ambos) nas mandíbulas daquela enorme máquina explosiva.

Lucille, com 18 anos, ainda era toda sorrisos afetados e lamúrias, mas ganhara certa beleza. Exibia seu charme recatado atrás do balcão de doces de uma lojinha e voltava para casa todos os dias cheirando a óleo de pipoca. Tanto Lucille quanto Malcolm não estavam satisfeitos em ter trabalhos tão pouco qualificados. Afinal de contas, faziam parte do todo-poderoso clã dos Caskeys.

Como eram proprietários da única indústria local, os Caskeys talvez até pudessem ser tidos como os donos da cidade. No entanto, não viviam como se fossem. Por consideração às circunstâncias difíceis de seus conterrâneos, não ostentavam a riqueza que sem dúvida detinham. O pior da Grande Depressão já passara e eles haviam sobrevivido. Sobreviver era o mesmo que prosperar, sobretudo naquela região castigada do país.

As madeireiras dos Turks e dos DeBordenaves, com décadas de história, haviam fechado. O maquinário, as terras e os funcionários foram absorvidos pelos Caskeys, que expandiram seus negócios. Após a morte de Mary-Love, James entregara toda a administração da fábrica ao sobrinho, Oscar. James já não ia ao escritório; passava o dia inteiro na varanda com Queenie, sua cunhada.

Nos últimos anos, Oscar administrou com austeridade as madeireiras, aproveitando com cautela as pequenas oportunidades que surgiam. Cada centavo de lucro era reinvestido – fosse para fins de expansão, modernização ou compra de terras florestais. Em 1938, o patrimônio dos Caskeys era vultoso. No entanto, a madeireira, a fábrica de caixilharias e a fábrica de estacas para cercas, postes e dormentes ferroviários – todas nas melhores condições e provavelmente as mais avançadas de todo o país – operavam a não mais que um quarto da capacidade.

Os funcionários muitas vezes eram dispensados ao meio-dia, mesmo recebendo pelo dia inteiro de trabalho. Os Caskeys agora detinham quase um terço dos 400 mil hectares de florestas em cinco condados do Alabama e da Flórida, mas os pedidos eram tão escassos que os lenhadores nunca precisavam ir muito além de 8 quilômetros da cidade.

Sister e James precisavam de pouco dinheiro, pois levavam uma vida simples. Porém, mesmo para esse pouco, eram forçados a recorrer a Oscar. Ele supria suas necessidades lhes dando notas de dinheiro miúdo. Essa abordagem parecia estranha para os dois, pois os Caskeys nunca haviam sido assim tão frugais. Por fim, James perguntou a Oscar se ele tinha certeza de que estava administrando da maneira certa o dinheiro e as propriedades da madeireira.

– Cada centavo é reinvestido – respondeu Oscar pacientemente.

– Isso eu sei, Oscar – disse Sister –, mas não deveríamos ter alguma reserva?

– Não podemos nos dar a esse luxo agora. Precisamos garantir que, quando este país estiver de pé de novo, estaremos prontos para progredir.

James então argumentou, com firmeza:

– Oscar, este país está há dez anos em recessão. Quando você acha que as coisas vão mudar? Não é comigo que me preocupo, sei que posso me arranjar. Quero apenas garantir que Elinor, Frances, Sister e Miriam fiquem bem. O que vai ser de Danjo, de Queenie e dos filhos dela se algo acontecer comigo?

– Vocês não confiam em mim? – apelou Oscar. – Não sabem o que estou tentando fazer com esta empresa?

– Não – respondeu Sister. – James e eu não temos ideia.

– *Eu* não sei – concordou James.

– Estou tentando nos fazer ricos! – anunciou Oscar.

– Para quê? – perguntou Sister. – Cinco anos atrás, quando as coisas estavam péssimas para todos, tínhamos todo o dinheiro que qualquer pessoa com algum juízo na cabeça poderia querer. Agora você diz que os negócios vão bem, mas preciso ir à fábrica implorar para ter como comprar uma garrafa de leite!

– Isso é temporário – falou Oscar. – Você sabe que está exagerando, Sister.

– E se tudo for pelos ares? – perguntou James. – O que vamos fazer?

– Nada vai pelos ares. Pare com isso. Vocês só precisam me deixar fazer o que deve ser feito. Vocês não enxergam isso ainda, mas estamos indo muito bem.

James e Sister realmente não enxergavam, mas, de todo modo, com algum receio, decidiram confiar na decisão de Oscar.

– Afinal, que alternativa temos? – indagou James para Sister, mais tarde.

Se os dois tinham suas dúvidas e não o apoiavam no que dizia respeito à administração da madeireira dos Caskeys, Oscar podia sempre contar com a confiança e o otimismo da esposa, Elinor.

– Oscar, eu conheço você e sei que está fazendo a coisa certa – dizia ela.

∽

Todos os Caskeys compareceram às cerimônias que marcaram o fim do ciclo de Miriam no ensino secundário. A família havia descoberto pelo *Standard* de Perdido que Miriam conquistara o posto de oradora da turma na solenidade de formatura.

Ela não contara nada a respeito, em uma tentativa de negar a todos o prazer de ficarem orgulhosos de sua conquista. Em seu discurso, feito com uma oratória impecável, Miriam comparou a vida a um conjunto de bonecas russas, deixando todos perplexos. Após a entrega dos diplomas, ela permitiu que todos a abraçassem e lhe beijassem o rosto – inclusive a mãe, o pai e a irmã. A garota compreendia que deveria se submeter às formalidades em ocasiões do tipo. Fazia um calor escaldante naquela tarde, e os formandos, todos de túnica branca e barrete franjado, zanzavam pelo campo de futebol americano com suas famílias, atordoados como se estivessem febris. Oscar se dirigiu à filha, falando com ela como faria com uma colega de classe de Miriam que acabara de conhecer:

– Tem planos de ir para a faculdade?

Miriam fez uma pausa antes de responder:

– Estou pensando.

– E o que tem em mente? – perguntou Elinor, aproveitando a ocasião para falar com a filha sem rodeios.

– Ainda não me decidi – replicou Miriam, hesitante.

Em seguida, olhou em volta e foi correndo abraçar uma colega de turma que detestava.

Mais tarde, Sister fez a mesma pergunta a Miriam, mas também não recebeu uma resposta direta.

– Só vamos saber no dia em que Miriam for embora, se ela decidir mesmo ir para a universidade – disse James a Sister.

– Por que será que Miriam é assim? – indagou Sister, com um suspiro.

– Por causa de Mary-Love, é claro. Você ainda não percebeu? Miriam é igual a ela.

E a jovem de fato era, com seus planos calculados e secretos.

O auge do verão chegou, com todo o seu calor, mas ninguém sabia o que seria de Miriam no outono. Essa era uma questão de bastante relevância para Sister, pois, se a garota fosse para a faculdade, ela não teria motivo aparente para continuar em Perdido. Precisaria pensar em outra desculpa para não voltar para o marido.

Era quase inconcebível que Miriam decidisse não fazer faculdade. Uma jovem inteligente a ponto de ter sido escolhida a oradora da turma na cerimônia de formatura, com status social e o futuro garantido financeiramente, estava destinada à educação superior. Sister havia ficado tão desmoralizada tentando descobrir uma maneira de não voltar para Early Haskew que se permitiu acreditar que Miriam jamais iria embora da cidade.

Assim, todos aguardaram ansiosamente a primavera para ver o que Miriam decidiria. Antes disso, no entanto, ela tinha mais uma surpresa.

Um dia, quase no fim de junho, Miriam foi a uma festa no cassino de Santa Rosa Island, que ficava do outro lado da baía. Daquele dia em diante, ficou obcecada pela praia de Pensacola. Todos os dias saía às cinco e meia da manhã no pequeno conversível que ganhara de Mary-Love e voltava a tempo do almoço. Sua pele se tornava cada vez mais bronzeada.

– Acha que ela conheceu algum rapaz? – perguntou Queenie a James.

– Será?

James fez a mesma pergunta a Sister naquela noite. E Sister, por sua vez, perguntou a Miriam no dia seguinte, quando a viu entrar em casa com uma toalha no ombro.

– Você tem encontrado algum rapaz na praia de Pensacola?

Miriam pareceu ofendida.

– Sister, eu vou até lá e me deito na areia para me bronzear.

– Foi só uma pergunta.

Naquela tarde, trajando um vestido de verão branco que destacava lindamente seu bronzeado, Miriam atravessou a passos firmes o quintal arenoso e bateu à porta da casa da mãe. Elinor veio à porta.

– Elinor, Frances está em casa? – perguntou Miriam, tensa.

Ela esperava que a própria Frances ou talvez Zaddie viesse atender. Falar com a mãe sempre a irritava.

– Ela foi à cidade, mas deve voltar logo. Quer entrar e esperar?

– Não, obrigada. Quando Frances voltar, pode pedir que venha falar comigo? Quero perguntar algo a ela.

Miriam deu meia-volta e saiu marchando antes que Elinor pudesse dizer mais uma palavra.

∽

Frances ficou perplexa e alarmada com a convocação da irmã. Correu até a casa vizinha, decidida a resolver a situação o mais rápido possível, como se fosse um criminoso condenado desejando que a execução acontecesse logo, em vez de ser adiada. Miriam estava lendo uma revista junto à janela de seu quarto no andar de cima.

– Miriam, mamãe disse que você queria falar comigo.

Frances estava parada à porta do quarto. Miriam não a convidou a entrar.

– Sim, gostaria de saber se você quer ir a Pensacola comigo amanhã.

A revelação do motivo só fez aumentar o espanto de Frances.

– Mas... p-para quê? – gaguejou ela.

– Para ir à praia comigo.

Frances a encarou por alguns instantes, quase em choque.

– E então? – insistiu Miriam, impaciente. – Quer ir ou não?

– Quero – respondeu Frances mais do que depressa.

– Consegue estar aqui às cinco e meia?

– Sim.

– É a hora que eu saio. Se não estiver na sua varanda, vou embora sozinha. Não vou à casa de Elinor de manhã tão cedo bater à porta nem chamar você. Vai estar na varanda quando eu estiver pronta para sair?

Frances tornou a assentir.

– Ótimo – disse Miriam. – Ivey vai preparar algo para levarmos, então não se preocupe com comida. Se quiser comprar algo por lá, é melhor levar algum dinheiro.

– Está bem – respondeu Frances.

A jovem continuou ali, hesitante, à espera de mais instruções.

Não houve. Passados alguns instantes, Miriam ergueu a cabeça e comentou:

– Pode ir. Estou ocupada.

Frances voltou para casa atordoada. Nem sua mãe nem seu pai conseguiram decifrar a motivação do convite. Elinor ligou para James para ver se Queenie ou ele tinham alguma ideia sobre o que aquilo poderia significar. Não chegaram a uma conclusão, e James telefonou para Sister, que não sabia ao certo, mas tinha um palpite:

– Miriam deve querer que todos saibam que ela não está indo a Pensacola para encontrar um rapaz. Talvez seja por isso que vai levar Frances junto.

⌒

Miriam dirigia rápido. A capota do conversível estava recolhida, o vento tão forte que as irmãs não conseguiam conversar. O sol ainda estava baixo no céu àquela hora da manhã.

Miriam e Frances vestiam roupas de banho sob

os vestidos de verão. A viagem demorou pouco mais de uma hora, e as duas encontraram a praia ainda vazia. O cassino continuava fechado, mas alguns pescadores lançavam suas linhas à beira do píer.

Miriam se afastou cerca de 100 metros do píer, andando até uma faixa de areia deserta, onde estendeu sua toalha. Sem falar nada, apontou para o local onde Frances deveria estender a dela.

– Trouxe protetor solar? – perguntou Miriam à irmã, com rispidez.

– Não. Deveria?

– Claro. Você vai torrar assim mesmo, pois não está habituada ao sol, mas sem o protetor vai ficar ardendo quando chegar em casa. Tome, use o meu.

Obediente, Frances se submeteu a ser besuntada com o creme gelado. Miriam esfregou a pele da irmã de forma brusca e, quando terminou, o aplicou em si mesma.

– E agora, o que eu faço? – indagou Frances, timidamente.

– Nada. Basta se virar de vez em quando. E não fale.

Quando ficava deitada de bruços, bronzeando as costas, Miriam lia. Quando se virava, fechava os olhos e dormia, ou pelo menos fingia dormir.

Frances nunca se sentira tão entediada na vida, nem mesmo na época em que ficara confinada à cama, com artrite. Não levara nada para ler. O som abafado do Golfo do México ecoava dentro de sua cabeça. Pulgas-do-mar saltavam em suas pernas para picá-la. A areia branca ofuscante e o céu desbotado eliminavam toda a cor da paisagem e tudo parecia esbranquiçado e brilhante, como se o flash de uma câmera fotográfica fosse disparado continuamente. Sentiu a pele começar a queimar. Não ousava falar com a irmã, que havia proibido qualquer conversa.

Frances se sentou na toalha e começou a olhar para a água, ansiando por ela. Por fim, quando sentiu que sua pele já estava fritando e seu sangue, fervendo nas veias, ela se voltou para Miriam e perguntou:

– Posso entrar?

– Entrar onde? – retrucou Miriam, irritada.

– Na água...

– Pode. Só não sei por que iria querer fazer isso. Odeio nadar. Tome cuidado com as águas-vivas. E com a correnteza. Na quarta-feira, alguém viu um tubarão ali.

– Vou tomar cuidado – disse Frances, levantando-se na mesma hora.

Ela foi correndo até o mar e saltou em uma onda que acabara de arrebentar. A água estava fria, deliciosa, e Frances adorava o movimento das ondas. Até o gosto de sal era bom. Ela nunca tinha ido ao golfo. Quando pensava em cursos d'água, só lhe vinha à mente o lamacento rio Perdido. A voz do Perdido era grave, misteriosa, composta de uma centena de ruídos mais baixos, incessantes e indistinguíveis.

O golfo, por outro lado, tinha apenas uma voz: regular, alta e insistente. A água do Perdido era escura e turva, como se ocultasse de propósito o que havia em suas profundezas; a do golfo era luminosa, azul e branca, e Frances conseguia ver os próprios pés imersos. O leito do Perdido era um lençol insondável de lama preta macia que ocultava criaturas mortas; debaixo daquelas ondas que quebravam, havia areia branca compacta e milhões de fragmentos de conchas coloridas. Pelas águas do Perdido nadavam apenas um ou outro pargo ou bagre carrancudos; ali, moluscos despontavam da areia, viam-se algas claras e límpidas e numerosos cardumes de peixes pequenos, enquanto outros maiores por vezes saltavam com destreza da crista de uma onda.

Frances nadou até mais longe, onde os peixes

eram ainda maiores. Eles se afastaram, preguiçosos, daquela intrusa. Notou a correnteza sobre a qual Miriam a havia alertado, mas não sentiu que estivesse em perigo. Deixou-se levar. Agora o píer não passava de uma linha negra que penetrava a água, sua irmã fora de vista. Percebeu que talvez tivesse se afastado demais, mas continuava inabalável. Enquanto nadava de volta sem pressa em direção ao litoral, percebeu que sempre estivera plenamente confiante de sua capacidade de chegar à areia.

– Achei que você tivesse se afogado – falou Miriam com calma, erguendo os olhos do livro quando Frances voltou, parando diante de sua toalha, pingando. – Quando olhei, você tinha sumido. Deve ter ido longe demais.

– Não, não...

– Hora de ir embora.

Frances encarou a irmã, sem entender.

– Mas acabamos de chegar.

Miriam ergueu o rosto para a irmã, fazendo sombra sobre os olhos com a mão.

– Por quanto tempo está achando que ficou no mar?

– Vinte minutos? Meia hora?

Miriam apontou para o céu.

– Olhe para o sol – disse ela. – Está a pino. Já é quase meio-dia, você passou mais de três horas na água.

Frances olhou para o céu, então se virou e tornou a fitar as águas azuis do Golfo do México.

∽

Miriam passou a viagem de volta calada, mas Frances não se importou. A irmã dirigia com apenas uma das mãos no volante, olhando pensativa para a estrada com seus óculos escuros. Frances estava recostada com a cabeça para trás, relaxada mas não exausta. À medida que se aproximavam de Perdido, tentou pensar em uma maneira de agradecer pelo convite – que resultara, de forma inesperada, em um evento misteriosamente importante para ela.

Quando estacionaram diante da casa de Miriam, no entanto, Frances ainda não tinha tomado coragem.

Elas saíram do carro.

– Obrigada – disse Frances, retraída e incomodada pela insuficiência das próprias palavras.

– É melhor comprar um protetor solar hoje – sugeriu Miriam. – Não vou ficar emprestando o meu.

Frances se deteve no mesmo instante e refletiu sobre o que acabara de ouvir.

– Quer dizer que vamos de novo amanhã? – perguntou ela com cautela.

– Eu vou lá todos os dias – falou Miriam, sem responder à pergunta.

– E está me convidando para ir de novo?

Miriam não chegaria a admitir isso.

– Eu saio às cinco e meia, e tem espaço no carro. Só que nunca espero ninguém.

Frances sorriu e foi correndo para casa, onde contou aos pais estupefatos sobre o passeio.

– Você vai de novo? – perguntou o pai.

– Claro que sim! – exclamou Frances. – Eu me diverti muito!

– Mas você está tão queimada, querida... – comentou Elinor. – Das próximas vezes, quero que passe o tempo todo no mar. Assim o sol não vai castigar tanto sua pele.

– Ai, mãe, eu adorei a água de lá! Mal posso esperar até amanhã!

Elinor ficou extremamente feliz com essa declaração. Passaram-se semanas sem que saísse de sua boca uma única palavra contra Miriam, que proporcionara a Frances a oportunidade de ir nadar no golfo todos os dias.

∽

Aquela primeira viagem estabeleceu o padrão para o resto do verão. Todo dia de semana, se fizesse sol, Miriam e Frances iam de carro até a praia de Pensacola. Miriam raramente falava com a irmã algo além de "Está pronta?" ou "Trouxe dinheiro para o pedágio da ponte?".

Miriam ficava deitada em sua toalha, lendo, cochilando, a pele cada vez mais escura. Enquanto isso, Frances nadava no golfo, às vezes furando as ondas, outras vezes singrando as águas calmas metros abaixo da superfície ou ainda se deixando ser arrastada pela correnteza.

Certa vez, viu-se tão afastada do litoral que um grupo de golfinhos saltitantes passou por ela. Frances jogou os braços em volta de um dos menores e foi puxada pela água por vários quilômetros a uma velocidade mais rápida do que jamais havia experimentado. Outra vez, mergulhou fundo para não ser vista pelos homens de um barco pesqueiro que passava e escapou por pouco de ser apanhada nas redes. Depois que o barco se afastou, ela se perguntou por que não queria que a vissem. Então se deu conta de que ser descoberta tão longe da praia levantaria suspeitas. Os pescadores não acreditariam que uma menina de 16 anos estaria a salvo boiando a quilômetros do litoral.

Algo nas horas passadas no golfo lembrava a Frances a época em que estivera doente, bem como tempos ainda mais vagos e distantes. Ela parecia perder a consciência no instante em que seu corpo furava a primeira onda da manhã – pensando bem, parecia perder sua identidade como Frances Caskey. Tornava-se outra pessoa, outro ser.

Era capaz de nadar desde a hora em que chegava, antes das sete, até as onze sem tocar o fundo do mar e sem sentir fadiga ou medo de correnteza, tubarões, águas-vivas e cãibra, sem medo de ser levada. Quando chegava a hora de voltar, não dizia a si mesma: "Miriam está se preparando para ir embora." Simplesmente se via atravessando as ondas em direção à praia. Era uma sensação parecida com as lembranças dos banhos que a mãe lhe dava durante sua doença, três anos antes. Frances não se lembrava de nada além do momento em que a mãe a pegava por baixo dos braços e a erguia da água. Com esse movimento, sua identidade, temporariamente perdida, retornava. Erguendo-se em meio à arrebentação, sentindo areia e pedaços de conchas debaixo dos pés, a antiga identidade de Frances retornava, e ela esquecia tudo o que havia sentido e experimentado tão longe do litoral.

Miriam sempre fazia algum comentário do tipo:

– Tentei encontrar você algumas vezes, mas não consegui. Ainda vou contar a Oscar que você vai longe demais. Um dia vai acabar se afogando e todo mundo vai pôr a culpa *em mim.*

Na viagem sempre silenciosa de volta para Perdido, Frances tentava lembrar como exatamente tinha passado aquelas horas na água; tentava recordar a distância que havia percorrido, a profundidade dos mergulhos, os peixes que vira. Mas o sol incidia em suas pálpebras e ela conseguia resgatar apenas uma vaga impressão de ter mergulhado tão fundo que a luz do sol produzia apenas um leve brilho verde-marinho. Ou então evocava uma mera lembrança nebulosa de ter se sentado com as pernas cruzadas no fundo arenoso e ondulante a quilômetros da praia ou de ter perseguido e devorado tentadores caranguejos e trutas que se aproximavam.

Eram sonhos, sem dúvida. Como tudo aquilo poderia ser real?

Por mais que Frances passasse quatro horas na água, sem ter tomado café da manhã, nunca sentia fome ao sair do mar e voltar até a areia onde

Miriam tomava sol. Em casa, o pai insistia que ela comesse pelo menos um pouco no almoço, mas a mãe sempre dizia:

– Se Frances diz que está bem, devemos deixá-la em paz. Quando quiser comer, ela sabe onde procurar.

CAPÍTULO 2
Creosoto

Em setembro de 1938, em uma manhã rosada e sem nuvens, Frances Caskey estava sentada à varanda da frente de sua casa com uma toalha no ombro e um traje de banho sob o vestido, esperando Miriam sair da casa vizinha. Ninguém na família era capaz de explicar por que Miriam levava Frances à praia todos os dias. Talvez fosse para afastar qualquer suspeita de que se encontrasse com um rapaz em Pensacola; talvez secretamente Miriam gostasse da companhia da irmã... Fosse qual fosse o motivo, Frances ficava feliz em acompanhá-la.

Naquela manhã em especial, Frances esperou e Miriam não apareceu. Embora fizesse dois meses que as duas iam à praia quase diariamente, pouco haviam conversado, e Frances não se sentia confiante para bater à porta da irmã.

Elinor ficou surpresa ao encontrar a filha na varanda quando desceu para tomar café, cerca de uma hora depois.

– O que houve? – perguntou ela.

– Não sei. Será que Miriam está doente?

– Vou mandar Zaddie falar com Ivey – respondeu Elinor. – Ivey deve saber.

Zaddie voltou alguns minutos depois com notícias alarmantes.

– A Srta. Miriam está fazendo as malas! Está indo embora de vez!

~

No instante em que essa informação foi transmitida, ouviu-se uma porta bater. Frances, Elinor e Ivey se viraram a tempo de ver Miriam marchar porta afora com duas malas e seguir em direção ao seu conversível.

Perplexa, Frances gritou para a irmã:

– Não vamos a Pensacola hoje?

– Estou com cara de quem vai à praia? – retrucou Miriam. Ela trajava um vestido branco abotoado na frente e sapatos vermelhos de salto baixo. – Levo malas para Santa Rosa?

– Não – respondeu Frances. – Para onde está indo?

Já de costas para a casa, Miriam gritou por sobre o ombro:

– Para a faculdade!

Ninguém havia previsto aquilo. Nem mesmo Sister tinha uma ideia exata dos verdadeiros planos de Miriam.

Sister estava na varanda com uma xícara de café, aflita, observando enquanto Miriam, agora auxiliada por Bray, carregava malas e pacotes para o carro. Percebendo que havia algo errado, James Caskey surgiu à varanda.

– Miriam está indo para a faculdade! – gritou Sister para ele.

– Não! – exclamou James. – Para qual?

Naquele instante, Miriam saiu de casa com três caixas de chapéus.

– Não sei – respondeu Sister, em um tom incisivo. – Ela não contou.

Todas as três casas dos Caskeys ficaram observando o conversível de Miriam se encher de caixas e malas. Frances foi para o quarto, tirou o traje de banho, trocou de roupa e voltou à varanda. Danjo telefonou para Queenie, que chegou depressa. Quando já não cabia mais nada no conversível, Miriam se virou no fim da calçada e encarou a família reunida.

– Se querem mesmo saber, vou me matricular hoje na Sagrado Coração, em Mobile.

– Mas é uma faculdade *católica* – retrucou Queenie, remoendo as palavras.

– Vou me converter – disse Miriam, com irritação, já entrando no carro.

Ela ligou o motor e, sem falar mais nada, partiu. Enquanto virava a esquina, acenou uma vez, despedindo-se dos boquiabertos Caskeys com descaso indiscriminado.

∽

Todos ficaram pasmos, em especial Sister. Estavam tão habituados às idas diárias de Miriam à praia e a seu bronzeado cada vez mais intenso que já nem pensavam que ela iria para a universidade. Agora, no entanto, concordavam que aquela atitude era bem do feitio dela.

– Essa menina preferiria cortar os próprios pulsos a dar satisfações a alguém – comentou Elinor.

– Aqui, filha – disse Oscar, dando as chaves do carro a Frances. – Pode ir à praia sozinha.

Mas a jovem recusou.

– Não vai ser a mesma coisa.

Embora a poeira deixada pelo conversível de

Miriam ainda pairasse no ar, Frances já sentia falta dela. As semanas em que dirigiram até a praia de Pensacola a tinham convencido de que o jeito taciturno da irmã, bem como sua impaciência e sua maneira rude de falar, eram apenas parte do que Miriam guardava em seu íntimo.

Após o café da manhã, Oscar foi visitar Sister. Eles se sentaram no banco suspenso da varanda lateral.

– Imagino que tenha ficado tão surpresa com isso quanto nós – disse Oscar.

– Fiquei – concordou Sister, desolada. – Sempre me perguntei por que Miriam nunca me deixava pegar sua correspondência nos correios. Sempre insistia em ir buscar. Provavelmente não queria que eu visse as cartas que chegavam da Sagrado Coração.

– Não conheço ninguém que tenha cursado aquela faculdade – comentou Oscar. – Por que será que ela escolheu justo essa?

Sister deu de ombros.

– Oscar, já faz tempo que desisti de tentar compreender por que Miriam diz ou faz o que quer que seja. Amo aquela menina, mas não consigo entendê-la.

– Ela é mesmo igual à mamãe – retrucou Oscar, balançando a cabeça.

– Com exceção de que é jovem – ressaltou Sister –, o que é pior.

– O que vai fazer?

Sister o fitou.

– Como assim?

– Agora que Miriam foi embora e você não precisa mais ficar aqui para tomar conta dela... Não que a Miriam *precisasse*. Vai voltar para Early? Onde ele está agora, afinal?

– Ohio, acho – respondeu Sister. – Ou Kentucky. Sei lá.

– Vai voltar para Nashville?

– Ah, pensei em ficar por aqui mais um pouco. Miriam certamente se esqueceu de alguma coisa e vai querer que alguém envie para ela. É melhor eu esperar.

– Elinor poderia fazer isso se quiser voltar para Early.

Sister não respondeu.

– E então? – insistiu Oscar após alguns instantes.

– Oscar – repreendeu Sister, levantando-se num rompante –, não quero mais ouvir falar desse assunto, está bem? Da minha vida cuido eu!

– Está bem – disse Oscar, confuso e desconcertado pela veemência da irmã. – Só achei que...

– Pois achou errado – retrucou Sister em voz

baixa. – Esta casa é da Miriam, e ela disse que eu poderia ficar por quanto tempo quisesse. Eu agradeceria se você não aparecesse de manhã tão cedo para tentar me enxotar daqui!

– Sente-se, Sister. Não foi minha intenção irritar você.

Sister voltou a se sentar, mas cruzou as pernas. Em seguida pousou o cotovelo no joelho e aninhou o rosto em uma das mãos. Era o modelo da solteirona aristocrata do Sul: alta, esguia, com a pele seca prematuramente enrugada polvilhada de pó de rosas. Os traços finos do rosto, quando não estavam retesados em uma carranca, ficavam caídos. Lembrava muito a falecida mãe, embora ainda lhe faltassem vigor e determinação. Mary-Love teria ficado orgulhosa. Essa debilidade se devia a todos os anos de provocações, insultos e controle a que submetera a filha.

– Sister – falou Oscar com brandura –, eu não sabia que você estava tendo problemas com Early…

Sister bufou.

– Não há nenhum problema, Oscar. Eu só não tenho vontade de voltar para ele neste momento.

Oscar ficou calado, então Sister prosseguiu, titubeante:

– Early viaja muito, está sempre na estrada. Tantos lugares estão erguendo barragens que parece que o mundo inteiro corre o risco de ser inundado. Ou então alguém no Corpo de Conservação Civil gosta muito de Early e lhe dá trabalho. Não quero ir com ele para todos aqueles fins de mundo.

– E quanto à sua casa em Nashville?

– Eu ficaria sozinha lá! Aquela não é a minha casa. *Esta* é a minha casa. Se for para ficar sozinha, prefiro que seja aqui em Perdido. Você e Elinor detestam me ter como vizinha, é isso?

– Você sabe muito bem que não é nada disso. Só queremos que seja feliz.

– Estou feliz aqui, e agradeceria se você falasse para todas as pessoas interessadas que não quero deixar esta casa desocupada, Oscar. Diga que não sei o que seria de Ivey se eu fosse embora. Diga que estou aqui para garantir que Miriam tenha uma casa para onde voltar nas férias. Diga o que quiser. Só não deixe que as pessoas venham até aqui, como você acabou de fazer, para falar: "Sister, Early adoraria ter você de volta…"

Oscar prometeu tornar as coisas mais fáceis para a irmã.

Dois dias depois, um cartão chegou com o endereço de Miriam e nada mais. Tanto Sister quanto Frances escreveram para ela imediatamente, dizendo que estavam morrendo de saudades.

Passaram duas semanas aguardando ansiosamente uma resposta às cartas repletas de ternura, mas não chegou nenhuma. Não tornaram a escrever.

Pela primeira vez na vida Sister estava vivendo sozinha. O único momento difícil era o começo da noite, depois que Ivey voltava para casa onde morava com Bray na Baixada dos Batistas. Sister jantava sozinha, sentava-se à varanda, costurava ou folheava revistas. Nesses momentos solitários, não sentia mais falta de Miriam do que da mãe. Sister tinha 46 anos, mas se sentia muito mais velha. Era casada, porém pensava em si mesma como solteira. Certa manhã, perguntou a Ivey:

– Seu pai ainda cria cães de caça?
– Sim, senhora.
– Acho que vou arranjar um para mim.

E foi o que fez. Tendo experiência com os pit bulls de Early, conseguiu desmamar o filhote por conta própria. Caiu de amores pelo cão e decidiu chamá-lo de Grip. O animal aliviou a solidão de Sister, embora Ivey tivesse previsões agourentas no que dizia respeito a um cão de caça que não fosse criado para caçar.

∽

Queenie largou o emprego na madeireira dos Caskeys quando James abandonou seu cargo na empresa. No entanto, continuava a receber seu salário do cunhado. Em troca desse apoio – embora a barganha não tivesse sido formalizada entre os dois –, Queenie se tornou uma companhia ainda mais leal e incansável para James. Sentavam-se juntos à varanda pela manhã e passeavam de carro pela cidade à tarde. Às vezes, dirigiam até Pensacola ou Mobile para almoçar ou fazer compras.

James gostava de comprar roupas tanto quanto Queenie. Alguns dias eram dedicados ao guarda-roupa dele; outros, ao dela. Os dois eram tão íntimos que ela era capaz de admitir sem hesitar:

– James, quando cheguei a esta cidade, em 1922, se não me engano, tive certeza de que iria me livrar de Carl e me casar com você, um viúvo rico.

Ela então soltava o riso estridente de que ele passara a gostar tanto.

James também ria.

– Queenie, você estava olhando na direção errada. Eu já era um velho naquela época e não fui feito para me casar. Meu pai sempre dizia que eu tinha a "marca da feminilidade" e que nunca prestaria para nada nem ninguém.

– Que coisa horrível de se dizer! Seu pai estava errado.

James Caskey deu de ombros.

– Carl se foi – disse ele. – Quer que eu me case com você?

– Você está muito velho para isso, James Caskey.

– Tenho 68 anos.

– Isso é bem velho para mim! – exclamou Queenie, estridente. – Eu tenho 48, são só dois anos a mais que Sister. Vou sair por aí e arranjar um *garotão*...

Eles passavam os dias e os fins de tarde trocando provocações bem-humoradas. E, quando algum dos dois tinha problemas ou dificuldades, não hesitava em buscar no outro um ombro amigo. Naquele momento, a maior dificuldade de Queenie era com o filho, Malcolm.

O rapaz não gostava do trabalho na madeireira, que era monótono, barulhento e mal remunerado. No entanto, não suspeitava que lhe faltasse qualificação para fazer outra coisa. Morava na casa da mãe e não tinha dinheiro para sair de lá. Era rude com Queenie e com a irmã. Começou a andar com más companhias na cidade. Seu principal comparsa era um tal de Travis Gann, que pintava postes com creosoto na fábrica. Graças ao cheiro impregnante do produto, Travis não conseguia passar despercebido em lugar nenhum. A casa inteira dele cheirava àquilo. Até seu cão fedia à substância alcatroada. Sem mãe ou pai para controlá-lo, Travis tinha os mesmos maus hábitos e tendências de Malcolm, mas com alguns anos a mais de experiência. De certa forma, Malcolm era um aprendiz de Travis Gann.

Queenie sabia quem era Travis. Sabia que o filho ia com ele à pista de corrida de cães em Cantonement aos sábados e que perdia lá todo o dinheiro que não tivesse gastado em bebida na noite anterior. Sabia que, quando Malcolm saía de casa depois do jantar, ia encontrar Travis. As roupas de Malcolm começaram a cheirar a creosoto.

Uma tarde de sábado, quando Queenie e James voltavam de Pensacola e passaram por uma placa na estrada que indicava o caminho para Cantonement, Queenie disse:

– Aposto que, se fôssemos à pista de corrida de

cães, encontraríamos Malcolm e Travis Gann apostando tudo o que têm. James, queria que você conversasse com Oscar para que ele demitisse aquele tal de Travis. Isso me deixaria tão feliz!

James protestou:

– Não se pode demitir um homem porque ele fez amizade com seu filho, Queenie. Se não fosse Travis Gann, seria outra pessoa. Você sabe disso. Parece que Malcolm puxou a Carl.

Queenie balançou a cabeça com tristeza e suspirou.

– O que vou fazer? – murmurou.

⁓

Mas Queenie estava enganada. O filho dela e Travis Gann não estavam em Cantonement. Os dois tinham pegado o carro dela e saído pela estrada florestal que levava a Bay Minette e Mobile. A pouco menos de 10 quilômetros de Perdido, pararam em frente a uma lojinha empoeirada e desgastada pelo tempo. Uma placa de latão fixada sobre a porta exibia o letreiro: Crawford's.

Eles saltaram do carro portando as espingardas que haviam sido de Carl Strickland. Entraram na loja, que era tão abandonada por dentro quanto por fora. Dois longos corredores cobertos de prateleiras imundas levavam a um balcão igualmente sujo, com grandes potes de biscoitos e uma caixa registradora.

Atrás daquilo tudo, uma cortina de baeta verde dava passagem à casa que havia atrás da loja. Ao balcão, uma mulher de meia-idade de ar cansado disse timidamente:

– Vocês não deviam trazer armas aqui para dentro, meninos. Tenho medo dessas coisas. Meu pai atirou na minha mãe por acidente quando eu era pequena.

– É só nos dar todo o dinheiro que tem aí e nós saímos daqui com as armas – avisou Travis.

– Vai atirar em mim? – perguntou ela.

Travis ergueu a arma, mirou nela e sorriu.

– Não, senhora – disse ele, mas não baixou a espingarda.

A mulher tremeu e, hesitante, apertou um botão na caixa registradora. Pôs todo o dinheiro que havia na pequena gaveta em um saco destinado aos biscoitos dos jarros de vidro. Enquanto isso, Malcolm se mantinha junto à porta, apreensivo, tentando ver se alguém se aproximava.

Travis foi até a mulher e pegou o dinheiro.

– Você... v-vai atirar em mim? – tornou a gaguejar a mulher.

– Tem dinheiro lá atrás? – questionou Travis, insistente.

A mulher balançou a cabeça.

– Dial está lá atrás. É meu marido. Ele não bate bem – sussurrou ela, cutucando a têmpora. – Melhor não entrar ali.

– Você tem dinheiro lá atrás – decretou Travis, pousando com calma a espingarda na dobra do braço e apontando-a para cima, quase tocando a barriga da mulher.

– Anda logo! – exclamou Malcolm. – Tem alguém vindo pela estrada.

– Tchauzinho – despediu-se Travis com um sorriso e uma piscadela.

Malcolm e ele correram para entrar no carro, atrapalhando-se para esconder as espingardas de quem estivesse no veículo que se aproximava devagar.

Quando Malcolm ligou o motor do carro da mãe, o automóvel que tinham visto passou bem ao lado deles.

– Vamos voltar depois – avisou Travis. – Ela tem dinheiro nos fundos.

– Não – falou Malcolm, manobrando rapidamente o veículo de volta para a estrada. – Deus me livre, Travis, eu quase morri de medo lá dentro! É sério! Achei que você ia estourar a cabeça daquela mulher!

– Quem me dera – comentou Travis. – Nunca fiz isso.

Dollie Faye Crawford entrou às pressas na casa e pegou a arma do marido. Não sabia se estava carregada. Foi correndo até a porta da frente da loja e olhou pela tela. Viu de relance o carro que se afastava em alta velocidade e, em meio à poeira, não conseguiu ler a placa. As cores, no entanto, confirmaram que era do Alabama. Ela foi ao telefone, ligou para a polícia de Perdido e disse para o xerife Charley Key:

– Aqui é Dollie Faye Crawford, na estrada de Bay Minette. Dois rapazes acabaram de me roubar. Estão dirigindo um Ford azul-escuro, ano 1934, se não me engano, com placa do Alabama. Foram na direção de vocês. Um deles cheirava a creosoto.

– Quanto eles levaram? – perguntou o xerife.

– Tudo que eu tinha.

– Sra. Crawford, vou fazer o possível. Ligue para a polícia de Bay Minette também, por favor, está bem?

– O rapaz que cheirava a creosoto disse que ia atirar em mim, mas no fim das contas não atirou –

contou a Sra. Crawford, desligando o telefone em seguida.

Havia apenas dois Fords 1934 azul-escuros em Perdido. Um pertencia à esposa do diretor da escola secundária; o outro, a Queenie Strickland. Charley Key passou em sua viatura pela casa do diretor da escola e gritou pela janela para o homem, que regava o gramado:

– Por acaso andou roubando alguma loja hoje à tarde?

– Não! – exclamou o diretor. – Não tenho tempo para essas bobagens!

O automóvel de Queenie Strickland não estava estacionado em frente à casa dela.

Lá dentro, Lucille disse que Malcolm e Travis haviam pegado o carro cerca de uma hora antes, sem avisar aonde iam.

– Esse Travis trabalha na madeireira, não? – perguntou o xerife Key.

– Trabalha, sim, senhor – respondeu Lucille. – E ele *fede* a creosoto. Não deixo ele nem chegar perto de mim! Por acaso está atrás de algum deles, xerife?

– Estou atrás dos dois.

– Quer que envie uma mensagem?

– O que eu quero é me sentar à sua varanda e

esperar os dois voltarem para casa, isso sim. Qual é o seu nome?

– Lucille.

– Lucille, pode me trazer um chá gelado? Estou morrendo de sede.

CAPÍTULO 3
Dollie Faye

Malcolm Strickland e Travis Gann foram presos naquela noite por Charley Key, acusados de roubo à mão armada, e jogados na cadeia da prefeitura de Perdido. Queenie e James apareceram cerca de dez minutos depois de os dois homens irem parar atrás das grades.

Malcolm estava sentado em um banco ao longo da parede externa, emburrado e protegendo os olhos do brilho forte da lâmpada solitária que pendia do teto.

– Nem comece, mãe.

– Começar o quê? – exigiu saber Queenie. – A falar que você é um problema? Que finalmente conseguiu? Ora, vou falar, sim. Você é um problema, Malcolm! E você, Travis Gann! – continuou ela, voltando-se para o homem com um sorriso malicioso no outro canto da cela. – Você meteu meu filho nisso.

— Por Deus, Sra. Strickland — falou Travis, a voz arrastada, o fedor de creosoto empesteando a cela —, eu não poderia ter convencido Malcolm a fazer nada que ele já não quisesse.

— Mãe, tio James, vocês vão me tirar daqui ou continuar com o sermão?

Queenie não respondeu.

— Vamos tirar você daí — confirmou James, baixinho.

— Ótimo — disse Malcolm.

Os dois homens se levantaram.

— Você não, Sr. Gann — avisou James.

— Ei, mas o que... — protestou ele. — Não tenho parentes ricos para pagar minha fiança.

— Então vai apodrecer aqui — disse Queenie. — Malcolm, você promete que nunca mais vai se envolver com esse homem se eu tirar você daqui?

Travis sorriu.

— Claro. Sabe quanto a gente conseguiu, mãe? — falou Malcolm com tristeza, olhando para Travis. — Vinte e três dólares.

James balançou a cabeça.

— Vai me custar 100 para liberar você.

Charley Key apareceu com as chaves da cela na mão.

— Mãe — chamou Malcolm em voz baixa, agarrando Queenie por entre as barras da cela –, vai me tirar daqui?

– Sabe o que você merece? – retrucou ela com amargor. – Merece ir para a prisão por fazer James e eu passarmos essa vergonha.

– Boa noite, James – cumprimentou o xerife. – Boa noite, Sra. Strickland. Que belo arremedo de filho a senhora tem.

– Era o que eu estava dizendo a ele, xerife – respondeu Queenie. – Ele só não é pior que aquele amigo dele.

– Sua mãe fala demais – comentou Travis, enquanto Malcolm era libertado da cela. – Sra. Strickland, é melhor segurar sua língua. Um dia, alguém pode aparecer, arrancá-la e te enforcar com ela. Daí, quem é que vai vir tirar você da cadeia, Malcolm?

– Cuidado, Travis – murmurou o xerife. – Chega de ameaças. Alguém pode começar a levar você a sério e levantar seu queixo com o cano de uma espingarda; quem sabe até estourar o topo dessa sua cabeça inútil com ela.

Queenie puxou Malcolm alguns metros adiante no corredor, fora da vista de Travis, mas não fora do alcance da risada dele.

– Vamos embora – ordenou ela para James.

James estava diante de outra cela, conversando com dois ex-funcionários da madeireira. Ele os contratara trinta anos antes. Estavam presos por terem se envolvido em uma briga.

– Ora, vocês estão velhos demais para brigar por mulher e pobres demais para brigar por dinheiro – dizia ele. – O que aconteceu?

– É essa bosta de vida – respondeu um.

– Não tinha nada melhor para fazer – acrescentou o outro.

Na saída, James pagou a fiança dos dois.

∽

Na estrada para Bay Minette, dentro da casa nos fundos da Crawford's, Dollie Faye tinha ficado acamada. Estava cercada de vizinhos e parentes que vieram ao seu encontro naquele momento de aflição. A opinião geral era que ela quase tivera um AVC. Por conta do incidente apavorante, a pressão sanguínea havia subido perigosamente. Dial, o marido dela, se balançava tranquilo em um dos cantos do quarto, sem incomodar ninguém.

A loja estava fechada, mas amigos e parentes levavam comida e consolo com suas Bíblias marcadas com tiras de papel. Eles eram recebidos por uma menininha desenxabida que ganhara um belo punhado de biscoitos de um dos jarros no balcão como pagamento pela tarefa. Por volta das onze da manhã de domingo, um dia depois do assalto, todos tinham ido para a igreja, e Dollie e Dial foram deixados sozinhos. Alguém bateu de leve à porta, que a menininha foi abrir.

– Quem é? – indagou Dollie, com a voz fraca. – Quem não foi à igreja esta manhã?

Dois visitantes entraram no aposento. Eram de um tipo que Dollie Faye e Dial Crawford não estavam habituados a receber: endinheirados, com roupas novas, compradas em lojas, e não velhas e desbotadas.

– Bem-vinda, senhora. Bem-vindo, senhor. Em que posso ajudá-los? – perguntou Dollie, tentando se levantar da cama.

– Nem ouse se levantar dessa cama, Sra. Crawford! – exclamou Queenie.

– Sra. Crawford – falou James –, não deve fazer ideia de quem somos, mas Queenie e eu viemos aqui pedir desculpas e ressarci-la.

– Pelo quê? – retrucou Dollie, ainda tentando se levantar.

Queenie foi até lá e deu um basta naquilo.

– Foi o meu menino que apontou uma arma

para a cabeça da senhora ontem! – explicou Queenie em um tom grave e pesaroso.

Dollie Faye se deixou recostar no travesseiro, perplexa.

– *Seu* menino?!

– Sim, senhora – confirmou James.

– Ele é um traste – comentou Queenie. – Minha vontade era *matá-lo* por ter assustado a senhora daquele jeito.

– Seu menino cheira a creosoto?

– Ah, não, senhora – disse James. – Esse é o outro rapaz do assalto. Travis Gann. Ele realmente não presta.

Dollie, que parecia ter se recuperado um pouco, se virou para Queenie e respondeu:

– Não foi o seu menino que disse que ia me matar. Foi o outro, o que cheirava a creosoto. Seu menino não queria estar aqui. Dava para ver. Estava tão assustado quanto eu.

– Eu bem queria dar um susto nele! – exclamou Queenie com veemência. Ela se sentou em uma cadeira ao lado da cama e se inclinou para a frente, como se fosse fazer uma confidência. – Vou te dizer uma coisa, Sra. Crawford. Meu filho puxou ao pai. O pai dele foi preso mais de uma vez, ainda que me envergonhe admitir. A melhor coisa que posso dizer sobre o pai de Malcolm é que ele morreu cinco anos atrás.

– Bem, Sra. Crawford – retornou James, olhando para Dial e percebendo por instinto que ele não faria parte daquele trato –, nós trouxemos algum dinheiro para compensá-la pelo que os rapazes levaram.

– Quase esqueci. Estava tão ocupada me lamentando! – exclamou Queenie, abrindo a bolsa.

Ela entregou dez notas de 20 dólares para Dollie Faye.

– Isto é demais! – retrucou Dollie. – Eu tinha só 20 dólares na registradora ontem. O que eles iam fazer com aquele monte de moedas, aliás?

– Gastar na pista de corrida – respondeu Queenie, assentindo. – Até o último maldito centavo! Ah, me desculpe, Sra. Crawford. Não era minha intenção vir à sua casa para praguejar.

– Pode me chamar de Dollie Faye.

– Dollie Faye – repetiu James. – Queenie e eu queremos saber o que podemos fazer por você.

– Mais nada, obrigada – apressou-se a responder Dollie. – Já trataram de tudo. Foram muito gentis. E me deram dinheiro *demais*.

– Quando vai poder sair dessa cama? – perguntou Queenie.

– O médico disse que daqui a uma semana. Eu tenho problema de pressão, sabe? Minha mãe morreu disso. Mas vou ficar bem. *Tenho* que ficar bem, pois preciso estar de pé para cuidar da loja. Dial, meu marido que está lá no canto, não sabe nem usar a registradora. E mal sabe o que temos em estoque, para falar a verdade. Às vezes, deixo que vá lavar para-brisas, mas não muito mais que isso. Antes, tínhamos um menino que operava a bomba de gasolina, mas ele foi embora sei lá para onde.

– Você não vai sair dessa cama – disse James, em tom severo.

– Quem me dera ficar deitada o dia todo – falou Dollie –, mas as pessoas daqui dependem de mim e desta loja.

– Eu vou ajudá-la – anunciou Queenie, apertando a mão de Dollie.

– A senhora?!

– Eu trabalhava em uma loja. Sei operar a máquina registradora.

– Queenie é muito esperta – garantiu James.

– Mas não pode vir cuidar da minha loja para mim!

– Eu sei por que a senhora está recusando – falou Queenie com gravidade. – É porque não quer a mãe do garoto que apontou uma arma para sua cabeça aqui. Não quer olhar para a cara de sofrimento dela.

– Não é isso! É que esta loja dá um trabalho danado. Sempre aparece alguém querendo algo especial que só eu sei o que é e...

– Não posso vir aqui e perguntar?

– É, pode...

– Então está decidido – afirmou Queenie com firmeza, tentando encerrar os protestos da outra.

– A senhora não sabe operar uma bomba de gasolina – contestou Dollie.

– Meu menino sabe – sussurrou Queenie, inclinando-se para a frente. – Vou mandá-lo largar o emprego na madeireira. Ele nunca foi bom naquilo mesmo, e não quero que ande com aqueles sujeitos. Vai acabar arranjando outro Travis Gann. Vou trazê-lo aqui e botá-lo para trabalhar pelo que roubou. A senhora nem vai vê-lo. Não vou deixar que ponha os pés dentro da loja. Sua pressão pode subir só de olhar para ele. Eu vi que há um banquinho lá na frente. Ele vai ficar sentado ali o dia inteiro, enchendo o tanque dos carros. Se o Sr. Crawford não quiser lavar para-brisas, vai poder descansar, pois Malcolm vai tratar disso para ele.

No dia seguinte, a Crawford's estava aberta de novo e Queenie Strickland tinha se instalado atrás do balcão com seu segundo melhor vestido. Malcolm estava lá fora operando a bomba de gasolina conforme instruído.

James também foi visitar Dollie Faye e vez por outra comentava algo com Dial Crawford, que assentia com ar sábio e continuava na cadeira de balanço. Ao meio-dia, e com a permissão de Dollie, um Malcolm com o rosto vermelho foi conduzido para dentro da loja e, gaguejante, pediu desculpas.

– O que você fez foi errado, quase partiu o coração de sua mãe – repreendeu Dollie. – Mas eu perdoo você, Malcolm, pelo seu bem e o dela.

Ao longo das duas semanas seguintes, Queenie administrou a loja. Malcolm seguiu na bomba de gasolina e James continuou a visitar Dollie. Mesmo quando a mulher já havia se recuperado e reassumido seu posto atrás do balcão, Queenie e James continuaram a cuidar dela com a mesma assiduidade, com Malcolm na mesma função.

O julgamento de Malcolm foi marcado para a primeira quarta-feira de novembro, um dia depois das eleições. Queenie levou Dollie de carro até o tribunal de Bay Minette e passou a manhã inteira com ela na sala de audiência. Dois assassinatos seriam julgados antes dos assaltos à mão armada, e as duas mulheres assistiram aos procedimentos com interesse.

Malcolm e Travis foram julgados juntos. Dollie deu seu testemunho sobre os acontecimentos daquele sábado de setembro. Travis havia ameaçado estourar a cabeça dela, erguera a arma e a apontara em sua direção, levando o dinheiro na sequência.

Claramente desconfortável durante o assalto, Malcolm aconselhara o comparsa a evitar violência. Dollie estava convencida de que ele havia sido arrastado para aquela situação contra sua vontade. Em seu testemunho, afirmou acreditar que Malcolm a teria socorrido caso Travis houvesse tentado matá-la.

Além disso, desde o crime Malcolm tinha mais do que reposto o dinheiro que roubara ajudando-a a cuidar da loja. Todos na sala de audiência tinham visto o rapaz encher o tanque, trocar o óleo e lavar o para-brisa dos carros. Dollie elogiava Malcolm, bem como a mãe e o tio dele, que haviam sido tão bons para ela quanto qualquer bom cristão.

Após o testemunho de Dollie Faye, Malcolm Strickland foi inocentado com uma reprimenda, enquanto Travis Gann foi sentenciado a cinco anos na penitenciária de Atmore.

No banco dos réus, os dois se entreolharam.

– Parece que eu estou livre e você não – concluiu Malcolm.

– Pois é – falou Travis, com um sorriso.

– Caramba – comentou Malcolm. – Cinco anos... É muito tempo. Sinto muito...

– Não se preocupe – respondeu Travis, sem deixar de sorrir. – Eles vão me mandar para Atmore. Sabe qual é a dificuldade de fugir de Atmore?

Malcolm balançou a cabeça, aliviado por não precisar dessa informação graças à decisão da corte.

– Fugir de Atmore é como pular a cerca de uma fazenda abandonada, pra você ter ideia de quanto é difícil.

– Seria melhor esperar chegar lá antes de começar a fazer planos de fuga – alertou Malcolm.

– Não, eu não. Já estou pensando no que vou fazer depois que sair.

O sorriso alucinado parecia congelado no rosto de Travis e começava a deixar Malcolm aflito. Queenie e Dollie o chamavam. Malcolm tornou a se virar para Travis e perguntou:

– O que vai fazer?

– Vou ensinar uma lição a algumas pessoas.

– Do que está falando?

– Estou falando das pessoas que estão em liberdade, mas que deviam estar na cadeia com os amigos, pra começo de conversa.

Caso Malcolm não tivesse entendido, Travis frisou o que disse batendo no peito de Malcolm com o dedo.

– E estou falando também de certa mulher que não se importa de ver o melhor amigo do filho na pior. Certa mulher que gostaria de me ver apodrecer na prisão. – Travis voltou seu sorriso para Queenie e gritou: – Ei, Sra. Strickland, é melhor vir pegar seu filho aqui antes que ele se meta em mais problemas!

Ao ouvir isso, Queenie andou até eles pisando firme e agarrou o braço de Malcolm. Então disse:

– Travis Gann, você teve o que mereceu. Não lamento nada por você.

– Eu sei – falou Travis, o sorriso ainda no rosto. – Sei muito bem. Mas um dia, quem sabe? Talvez um dia lamente.

Queenie tirou Malcolm da sala de audiência. Travis foi levado de volta à cela, onde esperaria a transferência para Atmore. Outros dois réus assumiram o lugar dos jovens no banco, e o estado do Alabama continuou a aplicar a lei e a justiça.

Naquela tarde, cansado de encher tanques de gasolina e mais ainda de sua penitência forçada, Malcolm pegou o carro da mãe, foi até Mobile e entrou para o Exército. Não julgou necessário contar a ela sobre as ameaças de Travis Gann. Não poderia ser *tão* fácil fugir de Atmore.

CAPÍTULO 4
Sagrado Coração

Depois que Miriam foi para a faculdade, Sister se manteve afastada de Oscar e da esposa dele. No entanto, em certo fim de tarde de novembro, ela estava sentada à mesa de jantar comendo sozinha enquanto olhava pela janela, para a casa de Oscar. Viu o irmão e a família comendo em sua respectiva sala de jantar. Frances falava e Oscar e Elinor riam do que a filha dizia. Sister conseguia até ouvir a voz dos três ao longe. Foi quando teve uma revelação súbita. Saiu de casa e cruzou o quintal arenoso a passos rápidos, então gritou na direção da janela deles.

– Ei, Oscar! Elinor!

Elinor apareceu e espiou a penumbra do fim de tarde.

– Sister?

– Posso entrar um instante?

– Claro, entre – concordou Elinor, encaminhando-se para o corredor da entrada.

– Elinor – falou Sister enquanto entrava na casa. – Eu queria pedir desculpas. Não consigo nem *imaginar* onde estava com a cabeça.

– Quando?

Oscar apareceu à porta da sala de jantar com um guardanapo amassado na mão e a boca ainda cheia de comida.

– Olá, Sister, como vai?

– Oscar, você sabe como estou naquela casa. Mais solitária do que uma cerca de madeira que não dá em lugar algum.

– Então por que não veio nos ver antes?

Sister adentrou a sala de jantar, sentou-se à mesa e aceitou a xícara de café que Zaddie lhe ofereceu.

– Não sei onde estava com a cabeça – repetiu Sister.

– Sister, *do que* está falando? – perguntou Oscar, sério.

– Eu não vinha aqui por causa da minha mãe e de Miriam. Nenhuma das duas aparecia nesta casa se tivesse a mínima possibilidade de evitar.

Oscar e Elinor assentiram, calados.

– Mas mamãe morreu e Miriam foi para a faculdade. Então eu me vi sentada ali, sozinha, e pensei: "Não posso ir lá. Mamãe me mataria e Miriam pararia de falar comigo." Foi quando me dei conta de como estava sendo idiota, então aqui estou.

Oscar riu.

– Sister, você foi *bem treinada* por aquelas duas.

– Isso sem dúvida!

– Espero que venha nos visitar sempre a partir de agora – comentou Elinor.

– Eu gostaria muito. – Sister suspirou. – E acho que é o que vou fazer.

– O que a impede? – perguntou Elinor.

– Vai saber – falou Sister, taciturna. – Esse é o problema desta família, não se pode contar que as coisas continuarão do mesmo jeito por muito tempo.

Dali em diante, Elinor e Oscar não quiseram mais ouvir falar em Sister jantando sozinha naquela casa velha e escura. À tarde, Elinor muitas vezes a chamava do outro lado do quintal:

– Sister, venha me fazer companhia.

Vez por outra, Sister e Elinor faziam compras juntas.

– Elinor – falou Sister em certa ocasião –, você se casou com Oscar há dezessete anos. Com o passar dos anos, todos nós envelhecemos, mas esta é a primeira vez que passamos algum tempo juntas. Fico com raiva de mamãe e de Miriam quando penso em tudo que elas me impediram de fazer.

– A culpa é de Mary-Love – retrucou Elinor. – Não culpe Miriam. Ela não era adulta. Você poderia ter dito a Miriam o que fazer, e ela teria lhe obedecido. Você foi fraca, Sister. Mas quem não teria sido, com aquela mãe que você teve?

∽

Naquele outono, outras aflições afetaram os relacionamentos da família Caskey. Quando Malcolm fugiu para entrar no Exército, Queenie ficou desesperada e implorou a James que mandasse alguém buscá-lo. James, no entanto, argumentou que Malcolm tinha 21 anos e poderia fazer o que bem entendesse.

– Além disso – ressaltou James enquanto escolhiam um automóvel para substituir o que Malcolm tinha roubado –, você sempre disse que Malcolm precisava de uma boa dose de disciplina militar.

Assim, Queenie se permitiu ser aliviada do fardo que sempre fora o filho. Já não se preocupava com ele. Em vez disso, aproveitava mais do que nunca a companhia de James. Lucille reclamava que a mãe nunca estava em casa, mas que sempre sabia onde encontrá-la: na casa do tio James.

James e Queenie fofocavam, James e Queenie iam às compras em Pensacola e em Mobile, James e Queenie não guardavam segredos um do outro. Começaram a visitar amigos em Perdido como um casal.

Alguma senhora na cidade dizia à amiga:

– Estou morrendo de tédio. Vamos telefonar para James e Queenie para ver se não querem vir aqui bater um papinho.

Ou outra senhora falava:

– Vamos dar um pulo na casa do James para ver se Queenie e ele estão na varanda.

Queenie e James visitavam Elinor juntos. Geralmente, encontravam Sister ali. Essas visitas logo perderam a formalidade inicial e tornaram-se tão descontraídas e naturais quanto Perdido sempre achara que deveriam ser, uma vez que todos os Caskeys eram vizinhos uns dos outros.

Os grupos começaram a fazer refeições juntos. Parecia uma tolice obrigar Zaddie, Roxie e Ivey a prepararem três refeições quando todos poderiam se reunir na casa de Elinor e aproveitar muito mais a companhia mútua. As três mulheres negras se reuniam de manhã cedo, planejavam tudo e, em seguida, iam para suas respectivas cozinhas preparar os pratos individualmente. No meio da manhã, já era possível ver Roxie e Ivey atravessarem os quintais com panelas e caçarolas fumegantes sob os carvalhos-aquáticos. Todos se juntavam ao meio-dia. James ou Oscar faziam as preces e, durante uma hora, os Caskeys eram tão felizes quanto qualquer família tinha o direito de ser.

Um dia Oscar disse, do seu lugar habitual à cabeceira da mesa:

– Acabei de pensar em uma coisa. Nada disso teria sido possível se mamãe estivesse viva. Ela nunca teria permitido.

A mesa caiu em silêncio. Todos sabiam que o que Oscar dizia era verdade, e a acusação contra Mary-Love era clara.

Ivey, que trazia um prato de pãezinhos quentes, falou:

– A Sra. Mary-Love não gostava de ver ninguém rico, a não ser que fosse ela a pôr o dinheiro na mão da pessoa.

Roxie, que servia o chá, acrescentou:

– A Sra. Mary-Love não gostava de ver ninguém feliz, a não ser que fosse ela a pôr felicidade no coração da pessoa.

Zaddie, que segurava a porta da cozinha aberta, também revelou:

– A Sra. Mary-Love não falava comigo porque eu trabalhava para a Sra. Elinor, e não para ela. Se a Sra. Mary-Love pudesse ver vocês juntos, estaria se estrebuchando no chão!

Fez-se um instante de silêncio, enquanto Mary--Love era lembrada pela família.

– Mas mamãe está morta – decretou Sister, erguendo o copo com um breve sorriso.

∾

Após esses encontros, Oscar voltava para a madeireira, Lucille para a loja, e Danjo e Frances seguiam para a escola. Os outros costumavam ir para o andar de cima para se sentar à varanda com tela acompanhados de mais copos de chá gelado. Certa tarde, pouco antes do Dia de Ação de Graças, Queenie, Sister, Elinor e James estavam na varanda, planejando o almoço do feriado, quando Luvadia Sapp surgiu diante da porta.

– Sr. James, tem um carro em frente à sua casa e alguém está saindo dele – informou ela.

– Quem?

– Não sei.

Todos se levantaram para espiar. Conseguiam

ver apenas uma parte do automóvel estacionado em frente à casa.

– É melhor eu descer para ver – comentou James com os outros.

Todos o acompanharam, e o que viram foi Grace, a filha de James, subindo a calçada com duas malas enormes. Depois de se formar na Vanderbilt, Grace fora dar aulas de educação física em uma escola para meninas em Spartanburg, na Carolina do Sul, e passara a viver com outra jovem que os Caskeys chamavam de "a grande amiga de Grace".

No começo, essa grande amiga se chamava Georgia, depois o nome mudou para Louise e, por fim, Catherine.

Até onde o pai de Grace e o restante da família sabiam, Grace era muito feliz e, apesar da maneira pouco ortodoxa de alcançar essa felicidade, isso era tudo que importava.

– Grace! – exclamou James.

– Papai!

Agora com 26 anos, Grace parecia mais forte e robusta do que nunca. Quando jogou as malas na varanda, pareciam não pesar nada. Todos se juntaram ao redor dela.

– Querida, não sabia que você pretendia voltar para o Dia de Ação de Graças.

– Pois eu voltei para ficar – contou Grace, em tom provocativo.

– Não! – exclamaram todos. E em seguida: – O que houve?!

– Grace, minha querida – interveio o pai –, aconteceu alguma coisa? E aquela sua amiga, a Catherine?

– Ah, Catherine saiu da escola dois anos atrás, pai! Eu contei. – Ela suspirou. – Foi a Mildred desta vez.

– Vocês se desentenderam? – perguntou Queenie, solícita.

– Eu odeio a Mildred! – exclamou Grace. – Não quero falar sobre ela e não quero vê-la nem pintada de ouro. Se ela ligar, diga que me mudei para Baton Rouge ou sei lá para onde. Vocês já comeram? Estou morrendo de fome. Vim dirigindo sem parar desde Atlanta.

– O que Mildred fez para deixar você tão triste? – indagou o pai. – Achei que você gostasse daquela escola.

Grace franziu os lábios.

– *Ela se casou*. E não quero mais falar da Mildred. Fico louca só de pensar nela. Olhem, eu amava aquela garota do fundo do meu coração, daí ela de repente me comunica que vai se casar com um velho que vende imóveis em Miami! Então não mencionem esse nome de novo!

– Mas você largou seu emprego? – perguntou Elinor.

– Larguei. Pai, o senhor vai ter que me sustentar. Estou exausta de tanto oferecer meu coração para quem não merece.

– Você faz bem, Grace – disse Queenie. – Estamos muito felizes em tê-la de volta. Você não tem ideia da falta que nos faz. Eu nunca vi essa tal de Mildred na vida, mas se tem uma coisa que sei é que ela não te merece.

Não se soube mais nada sobre o motivo que levou Grace a abandonar o emprego na escola para meninas de Spartanburg, mas de alguma forma surgiu o boato em Perdido de que Grace não se demitiu, e sim foi afastada por alguma infâmia grave.

Grace Caskey, no entanto, nunca agiu como se tivesse voltado a Perdido em desonra. Enfrentou essa nova etapa da vida com vigor e determinação. No dia de seu retorno inesperado, ela se dirigiu ao diretor da escola secundária, mostrou seus certificados e declarou:

– Quero treinar a equipe de basquete feminino.

– Não temos equipe de basquete feminino – respondeu o diretor.

– Então eu montarei uma. Na primavera, vamos falar sobre softbol.

Ela formou uma equipe de basquete feminino, submeteu as meninas a um treinamento implacável e as levou a cinco condados do Alabama e da Flórida para enfrentar outras equipes. No inverno daquele ano, deu aulas de dança no lago Pinchona, ansiando pelo clima mais quente para começar a dar aulas de mergulho e salvamento aquático. Calçava botas de cano alto para caçar cascavéis com os rapazes da escola secundária. Vestia um chapéu de palha e ia até a ponte da Baixada dos Batistas com Roxie para pescar pargos no baixo Perdido.

– Lembro que, quando Grace era pequena, eu mal conseguia fazê-la se sentar nos degraus dos fundos em um dia de sol – comentou James com Queenie. – Era tão tímida que corria para se esconder quando alguém batia à porta da frente. Agora, nem consigo *começar* a acompanhar o ritmo dela. Se quiser que ela fique cinco minutos em casa, tenho que amarrá-la à cristaleira.

A energia fenomenal de Grace era superada apenas pelo seu apetite. Todas as tardes, meia hora antes do jantar, ela já estava na cozinha fisgando pedaços de frango e levando palmadinhas de Roxie, que ainda a via como uma garotinha. À mesa, sempre pedia mais bolo de carne, mais ervilhas, mais creme de milho, mais pãezinhos, mais manteiga e roubava com gulodice tudo que restava nos pratos servidos quando todos os demais já estavam entupidos de comida. Era a primeira a se sentar e a última a se levantar. Nunca parecia ganhar peso.

Certa tarde, em meados de dezembro de 1938, sentada à mesa, Grace empurrou seu prato ao terminar de comer, gesticulou para pedir um último copo de chá e indagou:

– Alguém pode me dizer como Miriam está indo na Sagrado Coração?

Todos os Caskeys se entreolharam.

– Ninguém sabe – comentou Elinor.

– Como assim? – exigiu saber Grace. – Ninguém escreveu para ela?

– Ela não responde – falou Sister, incomodada.

Grace olhou em volta, perplexa.

– Estão dizendo que aquela pobre criança foi embora em setembro e desde então ninguém teve notícias dela?

– Como poderíamos? – perguntou Oscar, dando

de ombros. – Miriam só faz o que quer. Se quisesse falar conosco, escreveria ou telefonaria. Não contou a ninguém que cursaria a faculdade até a manhã em que foi embora. Ninguém quis se intrometer, Grace. Mas talvez – prosseguiu ele, correndo os olhos pela mesa – tenhamos mesmo deixado passar muito tempo...

O fato era que Miriam fazia com que todos se lembrassem de Mary-Love. E, embora nenhum deles admitisse, os Caskeys não tinham grande vontade de ter Miriam de volta para incitar velhas hostilidades.

Até Sister, que era quem mais a amava, estava feliz por a garota ter se mantido longe. Ao mesmo tempo, naqueles três meses de ausência, nenhum deles se preocupara com a possibilidade de Miriam não estar bem ou satisfeita com o destino que escolhera para si.

– Bem – começou Grace, as mãos na cintura. – Olhem para mim. – Todos obedeceram. – Eu vou me levantar desta mesa, pegar o carro, ir direto para a Faculdade do Sagrado Coração em Mobile e ver como ela está. Alguém pensou em perguntar a Miriam se ela gostaria de vir passar o Natal em casa?

Ninguém tinha perguntado.

– Talvez... eu devesse ir com você – sugeriu Sister, titubeante.
– Também acho – concordou Grace com firmeza.

Ela se levantou da mesa.

Em cinco minutos, Grace e Sister estavam a caminho de Mobile para visitar Miriam.

∽

A Faculdade do Sagrado Coração era uma instituição administrada por jesuítas, localizada no extremo oeste de Mobile, e ocupava cerca de 20 hectares de gramados, carvalhos, azaleias e ciprestes. Os edifícios de tijolos eram tão antiquados e enfadonhos quanto as estudantes: meninas de uma devoção ardente à religião católica apostólica romana, aos professores jesuítas e umas às outras. Alojavam-se três em cada quarto, em dormitórios austeros cujo interior cinzento e casto contrastava com a vegetação exuberante e bem-cuidada do campus.

Grace não teve dificuldade em encontrar o prédio da reitoria e, com a ajuda de uma freira da secretaria, descobriu onde ficava o quarto de Miriam. Grace e Sister foram levemente repreendidas pela visita não agendada e no meio da semana, algo nada habitual e que sem dúvida causaria algum tumulto.

– É uma emergência – explicou Grace, sem se deixar intimidar. – A tia da Miriam morreu ontem à noite.

Alarmada e comovida, a freira chamou um jardineiro para conduzir Grace e Sister pelo campus até o dormitório. Lá, as duas foram levadas por uma governanta ao quarto de Miriam.

– Não acredito que acabamos de mentir para um bando de *freiras* – sussurrou Sister, aflita. – E ainda falamos que eu tinha morrido!

– *Shhh!* – sibilou Grace.

A governanta bateu à porta de Miriam, afastando-se de forma respeitosa em seguida.

Grace não esperou que atendessem. Abriu a porta sem ser convidada a entrar.

Havia três camas estreitas no quarto pequeno e cinzento, cada qual com uma colcha cinza; três mesas minúsculas com pequenos mata-borrões verdes; três gaveteiros um em cima do outro; e um guarda-roupa com portas duplas. Miriam estava deitada em uma das camas, debaixo de uma janela, chorando convulsivamente com o rosto enfiado no travesseiro. A freira, supôs Grace, já devia ter lhe dado a má notícia.

Ela levantou a cabeça, incrédula, e olhou boquiaberta para Sister e Grace paradas à porta.

– Pobrezinha! – exclamou Grace, abrindo os braços o máximo que pôde.

Miriam se sentou na cama, titubeante. Então, após apenas um instante de hesitação, atravessou o quarto correndo e abraçou Grace.

– Querida, eu não morri! – exclamou Sister. – Grace, você não deveria ter contado aquela mentira à freira.

– O q-quê? – gaguejou Miriam.

– Me dê um abraço! – pediu Sister, arrancando Miriam de Grace. – Elas disseram que eu morri, não foi?

– Não – respondeu Miriam, confusa e ainda fungando.

– Então por que estava chorando? – quis saber Sister.

Miriam se afastou e olhou para Grace.

– Porque eu estou sempre chorando – respondeu Miriam.

– O quê?! Você nunca foi de chorar, Miriam! Nem quando era pequena e Ivey deixou você cair de cabeça no chão!

Miriam se desvencilhou e tornou a voltar para a cama. Ela secou os olhos com um lenço.

– O que estão fazendo aqui? – perguntou ela.

– Viemos ver se você está bem – falou Grace,

sentando-se em uma das mesas e cruzando as pernas. – Mas vejo que não está.

– Odeio este lugar!

– Por quê? – perguntou Sister. – Miriam, não fazíamos ideia! Por que não me telefonou para dizer que estava tão triste?

– Porque vocês ficaram felizes por se livrarem de mim, ora essa!

– Não fiquei, nada! Não queria que você fosse embora! Queria que ficasse comigo para sempre.

– Ninguém mais me queria lá em Perdido – declarou Miriam.

– Todos sentem sua falta – rebateu Sister, em tom apaziguador. – Frances fala de você o tempo todo. Está morrendo de saudades.

– Você sente falta de casa, não sente? – perguntou Grace.

Miriam lançou um olhar incisivo para Grace, então assentiu.

– Sim, muito.

– Então por que não voltou? – questionou Sister.

– Ninguém me chamou.

– Ninguém precisava *chamar* você! – exclamou Sister, exasperada. – Querida, a casa é sua, somos sua família! Você poderia ter ido para lá todos os fins de semana e teria sido recebida sempre de braços abertos. Ivey mal pode esperar para cozinhar para você de novo. Seu quarto está sempre pronto. Na verdade, ninguém sabe o que fazer sem você por lá.

– Como eu odeio este lugar – repetiu Miriam, correndo os olhos pelo quarto com desgosto.

– Não gosta de suas colegas de quarto? – perguntou Grace.

– Odeio as duas, e elas me odeiam.

– Aposto que são uns amores – falou Sister, em tom distraído. – Olhe, Miriam, por que não vem passar o Dia de Ação de Graças em casa? Temos uma cadeira vazia à mesa.

– Ninguém me convidou.

– Meu Deus do céu! – exclamou Sister. – O que deveríamos ter feito? Enviado um mensageiro com um convite selado? Miriam, você é da *família*. Esqueceu disso?

Os olhos de Miriam estavam secos, mas ela parecia emburrada.

Após fitar por alguns instantes Miriam e depois Sister, Grace indagou de forma enérgica:

– Miriam, quando começa o recesso de Natal?

– Na sexta-feira.

– Muito bem, então Sister e eu voltaremos para

apanhar você. Vai voltar conosco para Perdido para passar o fim de ano, e não se fala mais nisso! Se tiver feito outros planos, desmarque-os, pois não vai se safar desta.

– Uma garota na classe de história me chamou para passar o fim de ano na casa dela em Nova Orleans – falou Miriam, titubeante.

– Nem pense nisso – disse Grace com rispidez. – Você vai voltar para casa conosco! Sister e eu estaremos aqui na sexta-feira.

– Não preciso que venham me buscar – respondeu Miriam. – Tenho meu carro. Estarei em Perdido na hora do jantar.

– Sister e eu viremos de qualquer maneira – afirmou Grace. – Temos que fazer as compras de Natal por aqui e depois a ajudaremos a fazer as malas.

Ser tomada pela mão e praticamente obrigada a ir a Perdido era exatamente o que Miriam queria. Ela arriscou um sorriso e disse que estava feliz pela visita. Ofereceu-se para mostrar o campus às duas e, depois desse breve tour, apresentou as colegas de quarto. Foi um tanto embaraçoso sustentar a mentira de que um familiar havia morrido, uma vez que o humor de Miriam tinha claramente melhorado.

Quando uma das freiras veio questionar esse fato, Grace explicou com ousadia:

– Alarme falso. Foi só um AVC, parece que ela está bem melhor agora.

Naquele fim de tarde, Grace, Miriam e Sister foram jantar no Government House, no centro de Mobile, onde Miriam admitiu, constrangida, que sentia uma saudade terrível de casa.

– Eu chorava todas as noites antes de dormir e todas as manhãs ao acordar. Nunca imaginei que pudesse sentir tanta falta de Perdido e das pessoas de lá. Eu ficava sonhando acordada, imaginando como seria passear pelo dique e comprar grampos de cabelo na lojinha.

– Querida, gostaria tanto que você tivesse nos contado que estava triste! – lamentou Sister.

– Ela é igualzinha a Mary-Love – comentou Grace. – Precisa que outra pessoa dê o primeiro passo. Miriam, você sabe que é assim, e que algumas coisas que Mary-Love ensinou estão erradas. Está na hora de superar isso.

Sister achava que aquela conversa tão franca deixaria Miriam irada, pois a jovem era muito melindrada quando se tratava da falecida avó. No entanto, aparentemente vencida pela tristeza, Miriam apenas respondeu:

– Vai ser ótimo dormir na minha cama de novo. Não aguento mais ter que compartilhar tudo. E, depois do recesso, vai ser doloroso ir embora de Perdido outra vez.

CAPÍTULO 5
A via elevada

Os três meses que Miriam passou na Faculdade do Sagrado Coração lhe ensinaram uma dura lição. Ela descobriu que não era tão forte e independente quanto pensava. Desde a primeira noite, viu-se atacada pela solidão, pela saudade de casa, pela insegurança e pela infelicidade. Não gostava de nada na Sagrado Coração: os prédios, o terreno, os professores, as colegas, nada. Tudo era hostil a ela.

As freiras eram ameaçadoras. Suas colegas de dormitório pareciam saber de algum segredo sobre a vida que Miriam desconhecia. Apesar do que havia dito à família, decidira não se converter ao catolicismo. Quanto mais sabia sobre a religião, menos parecia combinar com ela. Embora nunca fosse admitir, Miriam não sabia ao certo por que tinha escolhido a Sagrado Coração em vez de qualquer outra faculdade. Talvez por ser tão perto de

Perdido – embora tivesse saído de casa com a intenção de voltar apenas raramente. Talvez por ser apenas para mulheres, o que evitava que a família tivesse a satisfação de imaginar que ela cogitava, ainda que remotamente, se casar. Talvez apenas porque, de todas as faculdades, a Sagrado Coração parecia a menos provável para Miriam.

Ela sentiu saudade de Perdido logo nos primeiros dias. Pensava o tempo todo na casa em que havia crescido. Pensava em seu quarto, no quarto de Mary-Love e no de Sister. Pensava em Ivey na cozinha e ansiava por ouvir o ruído do ancinho de Luvadia desenhando padrões no quintal de areia. Queria ouvir pela janela o ranger dos galhos apodrecidos dos carvalhos-aquáticos. Pensava no rio Perdido, que corria sempre rápido, sempre turbulento por trás da barreira protetora de barro vermelho. Desde o momento em que pisou no campus da Sagrado Coração, Miriam quis voltar para Perdido. Desejava ardentemente a companhia de Sister e sentia falta de Oscar, Elinor e Frances de um lado da casa e de James e Danjo do outro. Um dia, Miriam foi até um dos bancos em Mobile, abriu seu cofre e examinou os diamantes e as safiras guardados ali, mas as joias não a reconfortaram. Ela fechou o cofre e voltou ao dormitório para chorar.

Miriam jamais cogitara voltar a Perdido para passar o fim de semana, embora a cidade ficasse a menos de 80 quilômetros de distância, o que dava apenas uma hora e meia de carro. Por mais que sentisse uma saudade terrível de todos, e percebesse pela primeira vez que os amava, Miriam ainda considerava a família sua inimiga. Era isso que a avó havia ensinado, embora fosse a única a sofrer com essa lição.

Ela esperara por algum sinal de rendição: um telefonema de Sister dizendo que sentiam sua falta, um cartão-postal de Frances pedindo que voltasse para casa, um telegrama exasperado exigindo a presença dela no almoço do Dia de Ação de Graças, uma visita pretensamente casual de James e Queenie na volta de uma de suas idas a Mobile para fazer compras. Como nada disso aconteceu, Miriam concluiu que tinha sido derrotada e que sua família havia vencido. A visita de Grace parecia ter caído do céu, e ela deu graças ao Deus de suas colegas de classe.

Nos últimos dias antes do início do recesso de Natal, no entanto, Miriam ficou ansiosa. Percebeu que voltaria em um estado de desonra e vulnerabilidade. Grace teria contado a todos que ela havia quase desmoronado sob o peso da saudade de casa, que estava desesperada por notícias da família e que sentia falta de todos, até dos pais. Então recusou a oferta de Sister e Grace de voltarem à faculdade para ajudá-la a fazer as malas. Foi com grande apreensão que retornou de carro para Perdido enquanto a noite caía.

Estacionou diante de sua casa, saiu, carregou a mala para dentro e chamou Sister. Não havia ninguém ali.

Na Sagrado Coração, Miriam tivera um pesadelo. Em seu sonho, tinha engolido o orgulho e voltado a Perdido apenas para descobrir que a família abandonara as três casas à beira do rio e partira. Naquela casa vazia, sob a penumbra do crepúsculo, Miriam estremeceu ao ver que o pesadelo parecia ter se tornado realidade. Saiu correndo pela porta dos fundos e ficou ali, apequenada e trêmula, sob os imponentes carvalhos-aquáticos.

– Miriam! – exclamou Sister, a voz vindo de cima. Miriam ergueu a cabeça. Sister estava diante da tela na varanda do andar superior, mas na casa de Oscar e Elinor. – Estamos todos aqui, querida!

Eles venceram, eles venceram, pensou Miriam enquanto entrava na casa dos pais. Zaddie surgiu como uma sombra indistinta no corredor escuro, falando:

– Olá, Srta. Miriam! Como vai?

– Estou ótima, Zaddie – respondeu ela, subindo as escadas.

Estavam todos sentados ali, na varanda com tela: os pais dela, Sister, Frances, Danjo, James e Grace, Queenie e Lucille.

– Olá a todos – cumprimentou Miriam baixinho. – Eu voltei.

Ninguém vibrou de triunfo.

A mãe falou, em tom suave:

– Miriam, Grace mencionou que você foi convidada a passar o fim de ano com uma de suas amigas, mas estamos encantados que tenha decidido vir celebrar o Natal conosco...

– Resolvemos todos jantar aqui... em sua homenagem – Oscar se arriscou a falar. – Estamos muito felizes que tenha vindo, querida.

Nada mais foi dito sobre o retorno de Miriam. Ninguém esfregou a humilhação daquela volta em sua cara ou tripudiou sobre ela.

Miriam se sentou no banco suspenso ao lado de Frances, que se inclinou em um movimento rápido e apreensivo para abraçá-la. Miriam tentou organizar seus pensamentos e raciocinar sobre tudo aquilo.

– Miriam, quando informei a todos que você

tinha decidido voltar para passar o Natal aqui, eles ficaram tão empolgados, você nem acredita! – contou Grace.

Isso foi tudo. Grace e Sister não haviam comentado nada sobre a saudade de casa ou sobre quanto a jovem estivera infeliz na Sagrado Coração. Ela fora derrotada pelas próprias emoções e fraquezas, mas apenas Grace e Sister sabiam disso.

Queenie perguntou o que ela achava da Sagrado Coração.

– Ainda estou... me acostumando – respondeu Miriam, cautelosa. – Não imaginava que existissem tantos católicos. Alguns dos trabalhadores da madeireira são católicos, não são, Oscar? Não estava habituada a ver todo mundo rezando para a Virgem Maria ou desfiando as contas do rosário e prendendo cartõezinhos minúsculos com imagens da crucificação. Tudo isso me deixa um pouco nervosa. Ainda não me acostumei.

Miriam logo se deu conta de que, na sua ausência, mudanças consideráveis tinham ocorrido na família. Descobriu que era esperado que ela fosse almoçar na casa dos pais todos os dias e que não seria mais tolerada sua antiga relutância. Nos primeiros dias, ficou irritada em pensar que precisaria conversar com os pais, com os quais mal tivera qualquer tipo de relacionamento na vida. Mas então percebeu que eles a tratavam *diferente*.

Pela primeira vez, de forma súbita e radical, Miriam era considerada uma adulta. Estava em pé de igualdade com Sister, aparentemente acima de Frances e Lucille.

Não sabia muito bem como tinha sido promovida.

∽

O que Miriam não sabia (e nunca descobriu) era que Grace e Sister haviam contado tudo aos Caskeys. Todos estavam cientes de que ela sentia saudade de casa, chorava todas as noites antes de dormir, odiava a Sagrado Coração e sentia aversão por tudo que não fosse de Perdido. Essa revelação tocou profundamente a família. Ninguém tinha ideia de que Miriam era tão sensível, mas a respeitaram e não comentaram sobre isso.

Com o ano-novo se aproximando, Miriam precisaria tomar uma decisão: voltar à Sagrado Coração ou declarar sua intenção de nunca mais sair de Perdido. Até onde sabia, ninguém na família desconfiava que ela detestava a faculdade e amava seu lar. Não podia dizer de repente que era infeliz na Sagrado Coração e que não queria voltar para lá.

Sua família não saberia o que pensar. Mas partir de novo, agora que a cidade lhe parecia mais acolhedora do que nunca, era uma solução igualmente impossível.

O pai resolveu o problema. Na véspera de ano-novo, enquanto os pratos de peru, faisão e presunto eram passados de mão em mão à mesa de jantar, Oscar declarou:

— Miriam, por Deus, não nos deixe. Nunca passamos tanto tempo juntos como nessas últimas semanas, e ficarei de coração partido se voltar para aquela faculdade.

— Preciso voltar, Oscar — respondeu Miriam, sem convicção.

— Não precisa se não quiser — interveio Sister. — Hoje em dia, é importante para uma mulher ter educação superior, ninguém sabe disso melhor do que eu, mas gostaria tanto que você deixasse de ser egoísta e pensasse em mim, Miriam... Me sinto tão solitária sem a sua companhia...

Agora, Sister podia falar sem medo sobre sua solidão sem que alguém ressaltasse que ela poderia voltar para o marido em Nashville.

Miriam não sabia o que dizer. Agora que sua família havia entregado os pontos e implorado para que ela tivesse a misericórdia de ficar, os meses passados na Sagrado Coração começaram a parecer menos ruins do que ela lembrava. Fora infeliz, chorara até dormir e acordara todas as manhãs com lágrimas secas que colavam suas pálpebras, impedindo-a de abrir os olhos. Por outro lado, suas notas não pioraram, e era ótimo estar tão perto das comodidades de Mobile. Somente depois de a família pedir que ela continuasse em Perdido foi que considerou de fato voltar à Sagrado Coração.

– Miriam, lembra que íamos de carro a Pensacola todas as manhãs no verão passado? – Frances se arriscou a dizer.

– Sim, lembro – falou Miriam.

– Bem – prosseguiu Frances –, Mobile não fica tão mais longe. Por que não vai de carro todos os dias? É só uma hora.

– Demora mais do que isso – corrigiu Miriam, erguendo os olhos com interesse. – A Sagrado Coração fica do outro lado da cidade.

– Ainda é possível – insistiu Sister, com entusiasmo. – Você poderia morar aqui, ir de carro até Mobile todas as manhãs e voltar a tempo do jantar. Eu poderia pedir que Ivey ficasse até mais tarde para preparar sua comida.

– Eu poderia fazer isso – concordou Ivey, vindo da cozinha naquele instante com um prato de creme de milho. – Seria um prazer cozinhar pra Srta. Miriam.

– Então está decidido. Você não vai nos deixar – declarou Oscar. – Vai de carro até a faculdade pela manhã e voltará no fim da tarde. Vai dormir na própria cama e todos continuaremos felizes.

– Isso vai me dar um imenso trabalho – falou Miriam.

– E isso pouco importa – retrucou Sister. – Você vai nos deixar impor a nossa vontade, sem se importar com *quanto* trabalho vai ter.

∽

A reitoria da faculdade negou o pedido de Miriam de morar em casa. Desolada, ela foi para seu quarto no alojamento e chorou. Ainda chorosa, telefonou para Sister e contou que os planos tinham ido por água abaixo.

Grace foi à faculdade às oito da manhã do dia seguinte e pediu para falar com o reitor. Explicou que Miriam precisava estar em casa à noite para cuidar de sua tia e guardiã, que se encontrava doente, ainda se recuperando do AVC. A tia não aceitava outra pessoa. Caso contrário, Miriam teria que abandonar a faculdade para cuidar dela. O reitor cedeu. Assim, Miriam fez as malas, despediu-

-se das colegas de quarto e voltou às pressas para Perdido.

Toda manhã, Miriam dirigia seu conversível até Mobile, assistia às aulas e retornava por volta das quatro ou cinco da tarde. Alguns dias, chegava a tempo do lanche. Nunca reclamava da viagem, embora todos achassem que ela logo se cansaria. Às vezes, Grace, Sister ou até sua mãe a acompanhava e passava o dia fazendo compras em Mobile. Embora ainda fosse muitas vezes ríspida e lacônica, Miriam se acostumou com a companhia da família, conseguindo passar uma refeição inteira com eles sem ficar melindrada ou ofendida com algum comentário inocente. A influência de sua falecida avó estava enfraquecendo.

Ela não viu motivo para alterar aquela rotina durante seu segundo ano na faculdade. Um dia, sugeriu a Frances, então no último ano da escola secundária de Perdido, que ela também se matriculasse na Sagrado Coração.

— Enquanto eu estiver indo para lá de carro todos os dias, você bem que poderia ir também.

Frances ficou encantada. Tinha pensado nisso, mas sem ousar revelar o plano a Miriam por medo de que a irmã se irritasse e recusasse. Elinor e Oscar ficaram felizes. Ainda pensavam na filha como alguém frágil e dependente. Ficariam mais tranquilos em saber que, durante os primeiros anos difíceis na faculdade, Frances teria Miriam por perto. Oscar estava um pouco apreensivo de que Frances talvez não resistisse à conversão ao catolicismo como Miriam, mas Elinor garantiu que a filha não abriria mão de seus princípios metodistas. Frances se candidatou à Sagrado Coração e foi aceita. No outono de 1940, passou a ocupar o banco do carona do conversível.

Frances achava estranho que, embora fizessem sempre o mesmo trajeto, a viagem para Mobile pela manhã fosse tão diferente da volta no fim da tarde. Quando saía de Perdido, a estrada primeiro cruzava um pinheiral – boa parte dele de propriedade dos próprios Caskeys – até chegar a Bay Minette, a capital do condado de Baldwin.

A estrada seguia então para Pine Haven e Stapleton, vilarejos desolados ocupados quase exclusivamente por produtores de nozes-pecãs e batatas, atravessando em seguida Bridgehead. Depois, pegavam uma via elevada reta e longa, cercada por pântanos, rios e ilhas, que se mesclavam sob a luz matinal. Os rios tinham 1,5 quilômetro de largura ali, suas nascentes a apenas cerca de 15 quilômetros rio acima. Grandes ilhas de grama se erguiam pouco mais de meio metro acima do nível da água, nas quais pescadores muitas vezes desapareciam. De ambos os lados da estrada asfaltada, via-se apenas o céu cor-de-rosa, a água azul e a grama verde dos pântanos. O rio Blakeley então se tornava a baía Dacke, que, por sua vez, se tornava o rio Apalachee. As linhas que delimitavam todos esses corpos d'água – a baía Chacaloochee, o rio Tensaw, a baía Delvan e o rio Mobile – eram confusas.

Nas viagens até Mobile, que começavam antes de as irmãs estarem totalmente despertas, Frances olhava para a água, o céu e a grama. Lembrava-se não só do verão que Miriam e ela haviam passado na praia de Pensacola, mas de períodos anteriores, tempos nebulosos de seu passado, e de sua infância. E, embora fosse impossível, recordava-se de épocas ainda mais remotas, antes mesmo de *existir* uma Frances Caskey.

A capota do carro estava sempre baixada, o barulho do vento impedindo qualquer conversa. O cheiro do pântano salgado, onde todos aqueles rios, estuários e cursos d'água desembocavam na grande foz da baía de Mobile, enchia a mente de Frances. Mesmo sem pegar no sono, ela parecia sonhar. O céu cor-de-rosa era luminoso e vazio. A água abaixo da superfície, azul e torpe. O vento se tornava uma canção, sem notas, melodias ou palavras, mas com tons e ritmos que lhe pareciam familiares.

Em seus sonhos, Frances via as criaturas ocultas que nadavam fora de vista abaixo da superfície reluzente e olhavam com cobiça para o automóvel que passava pela via elevada. Frances sonhava com as coisas que se escondiam na grama baixa das ilhas pantanosas instáveis e com as coisas mortas, retorcidas e fraturadas na lama antiga. Sonhava com os ossos enterrados nas elevações do terreno, via o que rasgava as redes dos pescadores e entendia por que às vezes os próprios homens desapareciam.

Ela acordava, ou parava de sonhar, quando o conversível emergia do túnel que corria abaixo do último filete do segmentado rio Mobile. Ela então se virava, sorria e sempre dizia:

– Ah, já estamos aqui...

A viagem de volta para Perdido no final do dia era diferente. As nuvens maculavam a pureza do céu, que já escurecia a leste diante delas. Pântanos, baías, rios e elevações cobertas de grama pareciam sujas e encharcadas. As cidades pequenas do condado de Baldwin, tumultuadas, barulhentas e vulgares. Até o pinheiral parecia cinzento e enfadonho. Na volta para casa, Frances não sonhava nem se lembrava do que havia sonhado pela manhã.

À noite, sempre lhe parecia que algo estava faltando. Ela ansiava para que as horas passassem e voltasse a amanhecer. Então, enquanto Miriam dirigia pela via elevada, Frances sonhava mais uma vez com o que quer que houvesse sob a superfície da água azul e trêmula.

CAPÍTULO 6
Mobilização

Perdido não pensava muito na guerra na Europa. A cidade era a favor dos Aliados e contra o Eixo, mas a coisa ficava por aí. Estava mais preocupada com os ataques violentos e recorrentes da Grande Depressão. Então, de forma tão surpreendente e atordoante quanto um golpe na nuca, a Guarda Nacional foi mobilizada em novembro de 1940.

Cento e dezessete rapazes de Perdido foram notificados de que poderiam ser mobilizados. Um dos velhos alojamentos, mais além da Baixada dos Batistas, que fora usado para abrigar os trabalhadores do dique, foi rapidamente convertido em arsenal. Todas as manhãs, esses 117 trabalhadores da madeireira, desempregados e estudantes do último ano do secundário reuniam-se ali na expectativa de serem convocados. O Natal e o ano-novo passaram sem que recebessem ordem alguma.

Oscar ficou grato que os homens ainda não tivessem sido convocados; ele precisava dos trabalhadores. Durante a Depressão, havia empregado muito mais pessoas do que a mão de obra necessária nas madeireiras e nas fábricas dos Caskeys. Nos últimos meses, no entanto, a produção aumentara consideravelmente, já que o Departamento de Guerra fizera pedidos de madeira serrada e pilares.

Oscar descobriu que o novo Camp Rucca estava sendo construído nas planícies do Alabama. Soube também que a Eglin Field, base aérea na fronteira da Flórida, triplicaria de tamanho. Oscar publicou anúncios no *Standard* de Perdido e nos jornais de Atmore, Brewton, Bay Minette, Jay, Pensacola e Mobile, oferecendo trabalho àqueles que ainda não estavam sob alerta de mobilização. Alguns homens vieram, mas não tantos quanto esperava. Muitos dos rapazes dos condados de Baldwin e Escambia já haviam sido mobilizados. Todas as manhãs, sentado na cadeira do barbeiro, Oscar se perguntava o que poderia fazer: contratar secundaristas para trabalhar à tarde, empregar mulheres nos serviços menos braçais, promover negros para funções que até o momento lhes eram negadas. Essas estratégias ainda não eram necessárias, e somente Oscar parecia prever um momento em que seriam *inevitáveis*.

Oscar tinha perdido um pouco da vivacidade. A morte de Mary-Love e a aposentadoria de James puseram o fardo da administração da madeireira sobre seus ombros. Precisava lidar ao mesmo tempo com um negócio em expansão e receitas em declínio. Além disso, já não era tão jovem: tinha quase 45 anos, com duas filhas na faculdade e a responsabilidade por um setor do qual o bem-estar de toda a cidade dependia. Os limites de sua vida, confinada entre a família e a madeireira, haviam se estreitado. Ele amava a família e sentia orgulho da fábrica, mas às vezes olhava ao redor e se perdia em questionamentos. Em certos momentos, ao olhar para a mulher, ele perguntava a si mesmo: "Quem é essa?"

Depois da morte de Mary-Love, Elinor tinha mudado de forma mais perceptível. Estava muito mais calma, menos propensa a ataques de fúria; parecia menos perigosa. Não possuía mais os instintos destrutivos que Oscar havia visto nela. Houve um momento em que o que motivava a esposa era uma espécie de ganância altruísta, ou seja, uma ambição pelo bem dele e de Frances. Aquela avareza amorosa parecia ter perdido parte de sua força nos últimos tempos. Oscar às vezes pensava no futuro da fábrica quando o casal se deitava à noite e ele pedia a opinião dela. Queria saber o que Elinor faria em seu lugar; queria ouvir o que as pessoas na cidade pensavam sobre um assunto ou outro. Mas ela já não parecia tão interessada nessas conversas. Na verdade, o interesse dela em quase tudo diminuíra de tal forma que Oscar ficou preocupado, sugerindo que fosse falar com Leo Benquith. Tinha certeza de que havia algo errado com a esposa.

– Elinor – disse ele certa noite, virando-se para ela no escuro. – Quantos anos você tem?

– Você nunca me perguntou isso. Por que quer saber agora?

Oscar hesitou.

– Você anda tão estranha que cogitei que estivesse grávida.

Elinor soltou uma risada, mas o som saiu baixo e fraco.

– Eu ando pensando bastante – falou Elinor.

De repente, Oscar percebeu que talvez sua esposa estivesse apenas esperando para conversar sobre algo que a incomodava havia muito tempo.

– Pensando em quê? – indagou ele, com afeto.

– Pensando em Miriam e em como ela sentiu saudade de casa quando foi para a faculdade.

– Pois é. E não nos contou nada a respeito.

– Também sinto saudade de casa, Oscar – confessou Elinor com a voz fraca, passando os braços em volta do pescoço do marido em um desespero frio.

– Caramba, Elinor! – exclamou ele, surpreso. – Acho que você não mencionou Wade uma só vez em quinze anos.

Elinor se deteve.

– Mas pensei muito sobre lá.

– Ainda tem alguém vivo da sua família? Sei que você nunca tem notícias deles.

– Não restam muitos de nós, isso é verdade. E eles nunca foram de escrever ou telefonar.

– Então por que não pega o carro e vai visitá-los, passar um tempo com seus parentes?

– Acho que é uma boa ideia.

– Pode fazer bem para você sair um pouco daqui. Deve estar se sentindo enclausurada. Perdido é muito pequena. Faz tempo que você não vai lá...

– É verdade – concordou Elinor com um suspiro. – Sinto falta de Wade. Tenho me sentido cansada nos últimos tempos, indisposta. Talvez o que eu precise para recobrar as forças seja passar um tempo na minha cidade.

– Bem que eu queria ir com você...

– Você está ocupado demais com a madeireira – Elinor se apressou a dizer.

– Eu sei. Então leve outra pessoa. Sister, Grace ou James. Sei que gostariam de conhecer sua família. Você nunca fala sobre eles, então acabo esquecendo que eles existem. Na minha cabeça, já estavam todos mortos.

– Como falei, ainda restam alguns – comentou Elinor. – Mas acho que prefiro ir sozinha.

– Você quer fugir de nós, não é? Não a culpo. Somos duros de aturar, não somos?

Elinor riu e deu um abraço apertado no marido. Já não havia tanto desespero nesse gesto, mas Oscar ainda sentiu seus braços úmidos e frios.

∽

Na manhã seguinte, enquanto estava na barbearia, Oscar pensou não na situação da madeireira, mas em sua esposa. Sentia-se satisfeito por ter pressionado o botão certo para ativar o segredo de Elinor: saudade de seu antigo lar em Wade, no condado de Fayette.

De todas as coisas que poderiam tê-la deixado deprimida ou triste, a falta da família e da cidade de origem era a última coisa que teria imaginado. Oscar cuidaria para que ela partisse sem demora; queria que recuperasse seu ânimo o mais rápido possível. Quando fosse para casa almoçar, pensou ele, ia incentivá-la a partir naquela mesma semana. Não havia nada que a prendesse a Perdido.

Quando chegou em casa, ao meio-dia, ficou perplexo ao descobrir que Elinor já havia partido sem dizer uma palavra.

– Ela pegou uma mala, aquela pequena, e mandou Bray encher o tanque – disse Zaddie. – Explicou tudo o que eu devia fazer enquanto ela estivesse fora. Então partiu. Eu falei: "Sra. Elinor, não quer comer um pouco de frango?" Mas ela respondeu: "Zaddie, estou *louca* para chegar à minha cidade." Ela não quis saber de esperar, senhor.

– Não acredito – murmurou Oscar, estupefato. – Ela nem se despediu.

Zaddie repetiu a história para os outros membros da família à medida que eles chegavam para o almoço. Os Caskeys ficaram pasmos, e a cada momento Zaddie era chamada à sala de jantar para responder mais perguntas.

– Zaddie, ela telefonou para Wade para ver se tinha alguém para recebê-la? – perguntou Queenie.

– Elinor deixou um número de telefone? – indagou Grace.

– Ou um endereço, para podermos mandar um telegrama? – quis saber James.

– Ela ao menos deu o nome de algum parente? – questionou Oscar. – Se não me engano, o sobrenome é Dammert, mas não me lembro de ouvir Elinor confirmar isso em nenhum momento. Podem ser familiares por parte de mãe. Se for assim, nunca conseguiremos entrar em contato com eles. – Ele correu os olhos pela mesa. – Alguém já foi a Wade?

Todos os Caskeys balançaram a cabeça.

– Nunca tinha ouvido falar nesse lugar até Elinor vir para cá – confessou James. – E tinha esquecido que existia até agora há pouco. Quem poderia imaginar que Elinor ainda tivesse família para visitar? Duvido que ela os tenha mencionado uma só vez nos últimos vinte anos.

– Tudo o que sei – disse Sister – é que ela devia estar muito ansiosa para partir, considerando que não se despediu de ninguém além de Zaddie. Oscar, tem certeza de que ela não passou pela madeireira quando estava saindo da cidade?

– Absoluta – confirmou Oscar.

– Ela foi na outra direção – falou Zaddie, da cozinha. – Para os lados da Velha Estrada Federal.

Todos ficaram pasmos.

– Assim ela não vai chegar a lugar nenhum! – exclamou James. – Espero que tenha levado um mapa. Chega uma hora que aquela estrada simplesmente desaparece...

Ninguém conseguia entender. Não tinham como entrar em contato com Elinor em caso de emergência, tampouco faziam ideia de quando ela pretendia voltar. Elinor não dera indicação de quanto tempo ficaria fora. Todos os dias os Caskeys esperavam que ela retornasse e todas as noites Oscar ia para a cama sozinho e decepcionado. Depois de uma semana, Grace se prontificou a ir de carro até Wade, fosse lá onde fosse, em busca de Elinor, mas Oscar interveio:

– Não, não quero que faça isso. Elinor está bem, não estou preocupado. Ela quis ter um descanso de nós. Depois de vinte anos, não fico nem um pouco ressentido. Não vamos aparecer lá de repente e arrastá-la de volta como se não pudéssemos viver sem ela.

– Eu não consigo viver sem ela, pai – protestou Frances. – Estou com tanta saudade!

– Eu sei, querida. Eu também – falou Oscar com um suspiro.

Após cerca de dez dias de ausência de Elinor, durante uma semana de calor excessivo em janeiro de 1941, os homens da Guarda Nacional foram comunicados que dali a dois dias seriam enviados para Camp Blanding, na costa atlântica da Flórida, para receber treinamento básico. Os rapazes e homens tiveram dois dias para resolver suas pendências, se despedirem e sair para se embebedar.

Na tarde do dia anterior à partida, que seria às seis da manhã, dois estudantes do último ano do secundário, vizinhos de porta e amigos de toda a vida – e que agora seriam bruscamente arrancados da vida escolar e das paixões pelas garotas –, atravessaram de carro a fronteira da Flórida e, com o suborno de 1 dólar, compraram um engradado de 24 garrafas de Budweiser.

Depois de voltarem a Perdido, com medo de serem vistos pelos pais ou outros adultos que provavelmente desaprovariam seus planos de se embriagarem, contornaram a cidade na direção norte, parando o carro no bosque de carvalhos silvestres logo acima da confluência dos rios Perdido e Blackwater.

Ali, abriram as garrafas e mandaram as cervejas para dentro. Na terceira rodada, um dos rapazes já não conseguiu conter a vontade de se aliviar e, saindo do carro, foi até um dos carvalhos silvestres. Ali, urinando em um dos galhos que pendiam mais longe do tronco, vislumbrou algo metálico que reluzia em meio à cortina de ramos e folhas. Depois de abotoar as calças, ele afastou os galhos.

Para seu espanto, descobriu ali um automóvel. Havia uma pequena maleta no banco de trás, as chaves ainda na ignição. Em seu estado mental alterado pela cerveja, tentou desvendar o mistério da presença do carro abandonado naquele lugar.

Cansado de esperar, o amigo foi até ele, mas também não lhe ocorreu nenhuma explicação. Na esperança de encontrar alguma pista sobre o dono do veículo, e animados pela coragem que três garrafas de Budweiser lhes deram, os rapazes abriram a maleta.

– O carro é roubado – falou o jovem que o descobriu. – Só pode ser, e foi deixado aqui pelo ladrão.

– Se ele queria só deixar o carro aqui e ir embora, por que o escondeu? – perguntou o amigo.

– Sei lá, pode ter um corpo no porta-malas.

Nem mesmo o alistamento no Exército no dia

seguinte lhes deu coragem suficiente para averiguar *essa* hipótese.

Os rapazes saíram nervosos de baixo da árvore e voltaram para o carro que dirigiam. Consumiram mais quatro garrafas de cerveja em uma tentativa de esquecer o automóvel escondido e seis outras tentando prever, inebriados, o que a vida militar reservaria a eles. Enquanto o sol baixava no céu, os dois apagaram no carro, torcendo para acordar sóbrios.

∽

No dia seguinte, bem cedo, três ônibus estacionaram em frente à prefeitura e 115 homens embarcaram. Perdido quase em peso foi se despedir deles. Porém a ocasião foi arruinada pelo anúncio de que dois secundaristas não estavam presentes. Nenhum outro homem convocado em todo o condado de Baldwin tinha deixado de aparecer. O fato de aqueles dois rapazes terem desertado foi considerado uma ofensa à cidade. Envergonhados e aflitos, os pais deles voltaram para casa, argumentando sem muita convicção que os rapazes deviam ter sofrido algum acidente; que, por algum motivo irrepreensível, foram obrigados a não comparecer.

Os Caskeys tinham se juntado aos seus conterrâneos diante da prefeitura e, depois que os ônibus partiram sob aplausos um tanto insossos, também voltaram para casa. Para a enorme surpresa de todos, o automóvel de Elinor estava estacionado diante da casa, com a mulher sentada à varanda da frente, esperando por eles. Oscar apertou o passo, enquanto Frances correu em direção à mãe. Elinor pegou a filha nos braços, erguendo-a do chão.

– Ah, mãe, senti tanto a sua falta! Nós nem sabíamos *quando* a senhora iria voltar. Eu olhei pela janela umas cinquenta milhões de vezes na esperança de ver seu carro.

– Bem – disse Elinor, rindo –, agora eu voltei, querida.

– A senhora está com uma cara ótima – elogiou Frances, um tanto surpresa, enquanto se afastava da mãe e olhava bem para o rosto dela.

Oscar e os outros já haviam chegado aos degraus de entrada a essa altura.

– Está mesmo com uma cara ótima – falou Oscar.

Elinor desceu os degraus e beijou o marido. Todos disputaram a oportunidade de abraçá-la.

– Eu me *sinto* ótima – respondeu Elinor. – Sinto que seria capaz de enfrentar todo o Exército alemão.

– Parece que essa viagem fez muito bem a você – falou James.

– O que foi fazer em Wade, mãe? – perguntou Frances.

– Nada. Nadinha. Fiquei o tempo todo de papo para o ar. Apenas aproveitei essas duas semanas sem ter que aturar vocês, só isso.

Ela riu com alegria. Oscar se perguntou quanto tempo fazia que não via a esposa com o coração tão leve.

– Como está sua família? – quis saber Sister.

– Ah, estão bem – respondeu Elinor, vagamente. – Não restam muitos deles, e já não nos damos tão bem assim.

– Por que não? – perguntou Grace.

– Ah, eles acham que os abandonei quando vim para cá e me casei com Oscar, é por isso. A maior parte nunca saiu de Wade, eu fui a única. Ficaram com raiva de mim.

– E continuam com raiva? – indagou Oscar, curioso.

Elinor *nunca* falava da família.

– Claro que sim – disse ela com um sorriso. – Mas, nessas duas semanas, não me importei com isso. Eles podiam dizer o que quisessem. Fiquei feliz de passar algum tempo lá outra vez.

Elinor parecia ter recuperado a força e o vigor. Agora, nunca parava, nunca estava infeliz e nunca deixava de ter um ou outro projeto. Ela colocou Bray para construir um canteiro de camélias nos fundos da casa, apesar de ele afirmar que nada cresceria naquela areia. Mandou pôr cortinas no segundo andar da casa de Miriam e Sister, sem que elas tivessem dito que precisavam. Conversava sem parar com Oscar sobre a guerra iminente e como isso poderia afetar os negócios, além de andar de carro por todo o condado, batendo de porta em porta para perguntar se alguém precisava de emprego na madeireira.

Às vezes ia com Frances e Miriam a Mobile e passava o dia fazendo compras enquanto as duas estavam na faculdade. Zaddie e ela fizeram uma faxina na mansão e jogaram fora tudo que não tivesse sido usado nos últimos dois anos. Levava Leo Benquith de carro até a propriedade dos Sapps e o fazia examinar e tratar cada um dos filhos e netos deles, que sofriam de doenças comuns às famílias pobres do campo. Visitava Dollie Faye Crawford com Queenie na estrada para Bay Minette. Ofereceu-se para ensinar Lucille a operar uma máquina de costura. Fazia pão doce com frutas cristalizadas para enviar a Malcolm, que estava aquartelado em Nova Jersey. Seu ânimo renovado parecia contagiar toda a família.

As notícias da Europa eram cada vez piores, e mais e mais encomendas do Departamento de Guerra chegavam ao escritório de Oscar. Pela primeira vez desde 1926, a madeireira dos Caskeys operava em capacidade quase máxima. Em toda Perdido, ouvia-se um zumbido grave de atividade. Talvez fossem as máquinas da madeireira cortando toras e chapas de madeira, produzindo traves e postes, ombreiras de portas e esquadrias de janelas. Ou talvez fosse o rio Perdido, quase esquecido por trás das muralhas de barro vermelho, fluindo com a velha urgência e a velha inevitabilidade de sempre, arrastando folhas, paus e ossos até a confluência e enterrando-os na lama do leito do rio.

Os 115 rapazes de Perdido terminaram o treinamento básico no final de abril e foram distribuídos por todo o país. A maioria acabou em Michigan, enquanto outros foram enviados para ajudar na construção de Camp Rucca. Os dois secundaristas nunca foram encontrados. Uma semana depois da data em que deveriam ter partido para o treinamento, o automóvel deles, com meio engradado de cervejas fechadas no banco de trás, foi descoberto em um bosque de carvalhos silvestres na margem desabitada da confluência.

CAPÍTULO 7
Racionamento

Lucille e Queenie nem sabiam onde ficava Pearl Harbor quando ouviram a notícia pela rádio na manhã de domingo. Na verdade, poucos em Perdido sabiam. Por outro lado, todos compreendiam o que o bombardeio japonês significava para o país. Durante a tarde, as pessoas foram umas às casas das outras, dizendo coisas como:

– O que será de nós agora?

A guerra era uma certeza. Como Perdido seria afetada por ela, no entanto, era motivo de grande debate.

Três dias depois da declaração de guerra, a gasolina foi racionada. Por serem donos de uma indústria considerada vital para a defesa da nação, cada uma das casas da família Caskey recebeu a classificação "C", o que lhes dava direito a 15 galões de gasolina por semana. O racionamento de açúcar veio em seguida. Depois, sapatos e carne foram restringidos. Todos os cidadãos precisaram se registrar na prefeitura para receber seus cupons, para os quais era preciso comunicar a idade. A privacidade das mulheres de Perdido nunca tinha sido tão infringida e, por mais que se considerassem patriotas, nenhuma admitiu ter mais de 55 anos, nem mesmo aquelas que viviam dizendo que ainda se lembravam da Guerra de Secessão.

Com um salto repentino, a economia do país se pôs de pé outra vez, como Oscar havia previsto. O escritório da madeireira dos Caskeys estava repleto de pedidos do Departamento de Defesa. Aos sábados e domingos, Frances e Miriam iam até lá para ajudar o pai a organizar o trabalho. Frances ajudava e atrapalhava na mesma medida, mas Miriam entendia o negócio por instinto, embora raramente tivesse visitado a fábrica. Elinor e Queenie seguiam por todo o interior em um dos caminhões da empresa, para não desperdiçar suas cotas pessoais de gasolina, parando cada homem que viam para oferecer emprego nas fábricas.

Todas as novas bases militares eram construídas com madeira. Em Camp Rucca, três mil homens se abrigaram em tendas. As barracas precisaram ser erguidas o mais rápido possível. Oscar conseguia entregar a madeira um dia depois da solicitação oficial. A Eglin Field, mais ao sul, perto de Pensacola, havia começado sua expansão. Oscar conseguiu mais esse contrato. Milhares de quilômetros de fios elétricos eram estendidos de uma ponta à outra do país, e a fábrica de Oscar produzia postes de energia mais rápido e melhor do que qualquer outra.

Oscar estava mais ocupado que nunca. Não só precisava tratar de uma papelada sem fim, como tivera que aprender a lidar com os militares. Isso era muito diferente de sua experiência profissional anterior, que envolvia negociar com civis menos rigorosos, porém mais entendidos do assunto.

Em um período em que todos os patriotas tinham se alistado por convicção, todos os pobres estavam servindo pelos 21 dólares mensais com direito a acomodação e alimentação, e todos os homens restantes haviam sido convocados, Oscar buscava trabalhadores para um turno extra. Fazia inspeções nas florestas dos Caskeys para determinar em que ordem realizar os cortes e, como ninguém sabia mais do que ele sobre o tema, precisava supervisionar o replantio.

A vida em Perdido mudou rapidamente. A cidade alcançara o pleno emprego e a madeireira precisava de mais trabalhadores. Muitas das mulheres arranjaram trabalho construindo navios nos estaleiros de Pensacola e Mobile. Todos os dias, às seis da manhã, dois ônibus saíam da prefeitura cheios de esposas entusiasmadas, que nunca haviam tido um emprego formal. A atividade intensa era algo sem precedentes naquele canto sossegado do interior do Alabama. Os contratos com o Departamento de Defesa renderam tanto dinheiro que Oscar achou justo aumentar os salários duas vezes nos primeiros seis meses de guerra. Os trabalhadores dividiram essa nova renda com a cidade. Lojas que haviam fechado no início da Grande Depressão reabriram e voltaram a faturar.

Até mesmo a Baixada dos Batistas teve avanços. Homens negros trabalhavam na madeireira ou se alistavam no Exército. Mulheres negras passaram a administrar os lares de brancos em que o marido e a esposa trabalhavam. Meninas negras, algumas delas com apenas 13 anos, foram forçadas a assumir funções de responsabilidade. Desde o começo, Oscar ganhou dinheiro. Ele não havia previsto que aquela prosperidade dependeria da declaração de guerra. Mesmo assim, as fábricas dos Caskeys *estavam* preparadas; e essa prontidão trouxe lucros consideráveis.

Sister e James já não precisavam pedir dinheiro a Oscar. Em vez disso, e com cada vez mais frequência, ele dava ao tio e à irmã cheques de centenas de dólares. Depois, passariam a ser de milhares. James e Sister olhavam para os cheques e os endossavam com mãos trêmulas, cheios de espanto.

– Oscar – falou Sister durante o jantar certa noite –, quando eu era pequena e, depois, quando fui viver com Early, eu não sabia muito sobre a madeireira. Ninguém me contava nada. Mas nunca ganhamos tanto dinheiro assim, não é? Mamãe pegava tudo e guardava, eu sei, mas nunca foi tão rápido e fácil, ou foi? Quando menos espero, você já está me entregando outro cheque.

– Não, *nunca* foi tão fácil e rápido – respondeu James. – E não é só por causa da guerra. É pelo que Oscar fez *antes*. Você sabia que isso ia acontecer, Oscar?

– Mais ou menos – respondeu ele, um pouco constrangido. – Eu sabia que *alguma coisa* ia acontecer. Na verdade, vocês deveriam agradecer a Elinor.

A mulher assentiu, reconhecendo com discrição o elogio do marido.

– O que *você* fez? – perguntou Sister.

– Elinor sempre insistiu que eu expandisse o negócio, deixasse tudo preparado, mesmo que para isso precisasse me descapitalizar. Tive dificuldade em aceitar esse conselho. Afinal, vocês sabem o que mamãe pensava sobre agir dessa forma. Elinor não cansava de falar que devíamos expandir, aprimorar, construir, comprar novos equipamentos e mais terras.

Sister e James se voltaram para Elinor.

– Então você sabia sobre a guerra.

– Não – falou Elinor com naturalidade. – Eu apenas sabia o que era certo para Oscar e para a madeireira.

– Estamos ficando ricos, isso eu posso garantir – prosseguiu Oscar. – E o que está nos deixando ricos são todas essas terras. Sempre que um terreno de 2 hectares era colocado à venda, Elinor ficava em cima de mim, falando: "Oscar, vá comprar." E era o que eu fazia, só para ela me deixar em paz. Ora, o que não faltam são madeireiras em Atmore e Brewton. Se elas tivessem as árvores, poderiam conseguir contratos como eu. Mas não as têm. Sempre que chega um pedido, precisam ir muito longe, precisam *procurar* madeira. Passaram os últimos dez anos cortando despesas. Inclusive, eles venderam parte das terras para mim. Agora estão lhes fazendo falta. Todos acharam que eu estava louco por colocar dinheiro nessas terras.

– *Eu* achei que você estivesse louco – admitiu James.

– Sim – falou Sister, assentindo. – Mas você e Elinor mostraram que James e eu estávamos errados. Houve momentos em que eu não tinha certeza se conseguiria pagar pelos estudos da Miriam.

– Por Deus, Sister – disse James –, daqui a alguns meses teremos dinheiro para comprar aquela faculdade inteira...

∾

A amizade de Queenie Strickland com Dollie Faye Crawford era sincera. Ela não a havia alimentado apenas para garantir um testemunho favorável quando o caso de Malcolm foi a julgamento. Depois que Malcolm partiu para se alistar no Exército, as visitas de Queenie à loja continuaram e ela manteve o hábito de fazer compras ali, assim como James e Elinor.

Todos estranhavam que a família mais rica da cidade abastecesse sua despensa em uma pequena loja decrépita no meio do nada, mas os Caskeys não se importavam com o que Perdido pensava. A família queria continuar a compensar Dollie pelo que a mulher sofrera com Malcolm e Travis.

Em resposta a essa clientela nova e um tanto extraordinária, Dollie Faye passou a ter mercadorias melhores em estoque. Com o dinheiro de James Caskey, ela construiu uma casa de defumação nos fundos. Pouco depois, adicionou um abatedouro e chamou o filho de um fazendeiro vizinho para administrá-lo. Outros moradores de Perdido passaram a fazer o caminho até a loja na estrada para Bay Minette quando se espalhou a notícia de que a Sra. Crawford vendia o melhor bacon e a melhor carne de porco do condado. Elinor emprestou mil dólares para Dollie. Oscar enviou quatro carpinteiros para passarem uma semana fazendo melhorias na loja.

Dollie sabia que os Caskeys eram a fonte de sua recém-conquistada prosperidade. Por isso, empenhou-se em garantir que, apesar do racionamento, nunca lhes faltasse nada. Fazia telefonemas às escondidas sempre que um porco estava prestes a ser abatido. Assim, Queenie, Elinor ou Sister chegavam à loja a tempo de ouvir os guinchos do animal. Quanto ao açúcar, os Caskeys tinham tanto que Elinor continuava a assar seus pães doces com frutas cristalizadas. Isso, de todo modo, nunca teria sido problema. Ivey, Zaddie e Luvadia podiam pegar a cana-de-açúcar que quisessem da fazenda da mãe, mais além da Velha Estrada Federal. Dollie

Faye só tinha problemas com sapatos e pneus; os últimos, Oscar arranjava graças a seus novos contatos no Exército. De vez em quando, na companhia de um ou outro coronel, também conseguia permissão para fazer compras nas lojas de provisões militares na base Eglin Field, onde obtinha os sapatos.

Quando a guerra começou, Early foi contratado pelo Departamento de Guerra como engenheiro civil. Recebeu um salário avultado e foi enviado para Washington. Ele telefonou a Sister para lhe dar a notícia. Ela ficou sinceramente feliz por Early. Estava separada do marido havia tanto tempo que já pensava nele como um velho amigo. Assim, a notícia de que um velho amigo conseguira um cargo lucrativo e importante a deixou contente. Sister ficou igualmente feliz que a transferência fosse levar Early para tão longe. Por conta daquele posto, ele conseguia arranjar cupons extras, que colocava em envelopes e enviava por correio para Sister. Dessa forma, os Caskeys estavam bem servidos em um período que se mostrou duro e trágico para muitos.

Na verdade, Perdido como um todo sofreu menos do que muitas partes do país. A cidade mal havia saído da Grande Depressão, e muitos dos rapazes que foram para o Exército o fizeram de bom grado, um desejo que ia além do senso de dever para com o país. Sustento, moradia e dinheiro no bolso eram mais garantidos com uma farda em Michigan do que em um barraco caindo aos pedaços no interior do condado de Baldwin.

A maior parte das terras ao redor de Perdido eram florestas dos Caskeys, mas ainda havia pequenos lotes de agricultores aqui e ali, alguns negros, outros indígenas, outros brancos empobrecidos; pessoas que não gostavam das tentativas do governo de regular suas vidas. Seus animais eram abatidos às escondidas e a colheita, feita de madrugada – momento menos provável de haver agentes na estrada. Quando esses agentes faziam perguntas, os fazendeiros se queixavam de que o clima ruim, os insetos e os animais selvagens haviam dizimado suas plantações. Suas crianças imundas vendiam hortaliças e legumes em carroças puxadas a mulas, que seguiam devagar pelas ruas residenciais de Perdido. Fora de vista, em uma caixa fechada, traziam nacos de bacon, bifes embrulhados em papel pardo e galinhas com o pescoço torcido.

Os Caskeys temiam que, por conta do racionamento de gasolina para civis, Miriam e Frances tivessem que ir para o alojamento da Sagrado Coração. A família juntou os cupons a que tinha direito para que, com algum cuidado, as duas pudessem terminar pelo menos o semestre. Miriam então se formaria, e isso não seria mais um problema para ela. No entanto, Frances teria que se resignar a sair de casa.

Em uma manhã fria no começo de março, meia hora antes de o sol nascer, as irmãs estavam saindo de carro de Perdido, a caminho da aula das sete e meia. Quando se aproximaram da loja dos Crawfords, Miriam disse:

– Frances, aquela ali parada em frente à loja com uma lanterna não é a Sra. Crawford?

Frances saiu de seu devaneio habitual, olhou para a frente e respondeu:

– É, sim. Vá mais devagar.

Na escuridão, Miriam estacionou na entrada de terra vermelha da loja.

– Olá, Sra. Crawford – cumprimentou Frances. – Algum problema?

– Não, querida – respondeu Dollie. – Só achei que talvez estivessem com pouca gasolina hoje de manhã.

– Temos o suficiente para ir a Mobile e voltar – falou Miriam. – E não trouxe nenhum cupom.

– Deixe-me encher o tanque para vocês – ofereceu Dollie, tirando a mangueira da bomba. – Podem me dar o cupom depois.

– Olá, Sr. Crawford – disse Frances, acenando para Dial.

O velho se levantou do banco com os ombros caídos e veio à frente com um trapo molhado para limpar o para-brisa.

Dial Crawford olhou para ela e balbuciou algo incoerente.

– Senhor? – indagou Frances, sem entender uma só palavra.

– Não ligue para ele – comentou Dollie da parte de trás do carro. – Cale-se, Dial!

O homem continuou a resmungar e a olhar para Frances enquanto limpava o para-brisa. Algo nele assustava Frances, que apertou o suéter em volta dos ombros.

Depois de encher o tanque, Dollie deu a volta e disse:

– Vou pôr na conta da Sister.

– Obrigada, Sra. Crawford – agradeceu Miriam, educada. – Amanhã trarei os cupons.

– Não se preocupem – disse Dollie, como se quisesse deixar algo subentendido. – Guardem a cabecinha de vocês para a faculdade. Sei quanto estão se empenhando, e isso deixa a família de vocês muito feliz. Quando precisarem de gasolina, parem aqui. É só bater à minha janela e eu encherei o tanque de vocês. – Ela olhou para os dois lados da estrada. Nenhum carro tinha passado desde que Miriam estacionara. – Nunca tem ninguém por aqui tão cedo...

Miriam falou:

– Sra. Crawford, a senhora acabou de ganhar seu lugar no céu.

Com o tanque cheio, as irmãs se puseram a atravessar a escuridão em direção a Mobile.

⁓

Com a ajuda clandestina de Dollie, Miriam e Frances terminaram o ano na Sagrado Coração. Miriam se formou como a segunda melhor da turma, e todos os Caskeys estiveram presentes para vê-la receber o diploma. Miriam não hesitou em confessar que estava aliviada por tudo aquilo ter finalmente acabado. Em Perdido, ninguém ousou lhe perguntar o que iria fazer em seguida. E, como era de se esperar, Miriam não revelou suas intenções. Em vez disso, no dia seguinte à formatura, apareceu à hora do café da manhã na casa dos pais.

– Oscar, já que não vou a Mobile hoje, eu bem que poderia ir à madeireira ajudar você.

– Seria ótimo. Estou mesmo precisando. Sinto que estou ficando mais atrasado em tudo a cada dia que passa.

Pai e filha saíram de carro juntos, voltaram juntos ao meio-dia, retornaram à madeireira após tomarem um segundo copo de chá gelado e se deixaram cair sentados à varanda da frente às cinco e meia.

– Miriam – falou Oscar, balançando a cabeça –, você deu conta daquele trabalho como um furacão. Nunca vi coisa parecida. Adiantou uma semana de serviço para mim.

– Posso ir de novo amanhã, se quiser – ofereceu Miriam casualmente. – Ainda não tenho nada para fazer.

– Eu adoraria – Oscar se apressou a responder.

Depois disso, Miriam passou a ir à madeireira todos os dias. Cumpria o mesmo expediente que o pai. Oscar mandou abrir um buraco em uma das paredes de seu escritório para dobrar o espaço. Miriam ganhou a própria mesa e fichários e arranjou uma secundarista para datilografar. Um mês depois, Oscar foi à mesa dela e lhe entregou um cheque.

– Oscar – disse ela, olhando para o papel –, por que está me pagando por esse trabalho? Estou só passando o tempo.

– Não consigo evitar, Miriam. Tenho me sentido tão culpado em vê-la trabalhando tanto que preciso fazer isso para aliviar minha consciência.

Ela encarou o cheque.

– Bom, parece que estou oficialmente trabalhando para você.

– Sim, está. Acho que eu não conseguiria continuar sem você agora.

– Eu também acho que não – confirmou ela. Então entregou o cheque de volta para o pai. – Não é suficiente. Aumente meu salário.

Ele balançou a cabeça, bufou e foi na direção da contabilidade. Miriam ganhou seu aumento.

– O que vai fazer com tanto dinheiro, querida? – perguntou Sister certa noite.

– Não é da sua conta – retrucou Miriam. Somente Miriam era capaz de falar isso sem soar insolente.

– Vai me dar uma parte para ajudar com as despesas da casa?

Miriam riu.

– Sister, você agora é podre de rica. Por que não me paga aluguel por viver naquela casa que afinal é minha?

– Não – retrucou Sister –, nem pensar. Você não faz ideia de quanto tempo e energia eu dediquei para manter aquela casa.

– Então estamos quites – replicou Miriam.

Ela correu os olhos pela varanda, observando sua família, cujos membros liam, jogavam damas ou se balançavam em bancos suspensos e namoradeiras sob a brisa quente do fim de tarde.

– Estou investindo meu dinheiro – acrescentou ela.

– Em quê? – perguntou Frances, erguendo os olhos.

– Diamantes – respondeu Miriam. – Abri um novo cofre no banco e pretendo enchê-lo.

A família concluiu que Miriam sempre seria a garotinha de Mary-Love, não importava o tempo que a velha matriarca estivesse morta.

CAPÍTULO 8

Billy Bronze

Todos os sábados e domingos, durante o período de guerra, Perdido recebia uma enxurrada de soldados a caminho da base área Eglin Field. Alguns desses homens queriam ir à igreja, enquanto outros pretendiam encontrar alguma mulher da região para levar ao salão de dança construído sobre palafitas no lago Pinchona.

Esses soldados eram recebidos com entusiasmo pelas famílias de Perdido, que lhes serviam pratos enormes de peixe no sábado à noite e presunto e costelas de porco no domingo depois da igreja, para em seguida entretê-los na varanda de casa. Todos os militares entravam de graça no Ritz e tinham automóveis à disposição para ir ao lago. Em troca, Perdido recebia cupons de racionamento extras, pneus contrabandeados e comida que já não se podia comprar nos mercados. A cidade se lembrava de como havia mudado pelo influxo de trabalhadores do dique em 1922 – e aquilo não era tão diferente, com a exceção de que os homens usavam fardas, vinham de todas as partes do país e eram, ainda bem, muito mais educados.

No final de todo culto dominical, a congregação cantava "God Bless America". A letra ficava na capa de seus hinários. Durante essa canção patriótica, Elinor sempre corria os olhos pela congregação, escolhendo os três, quatro ou cinco soldados que chamaria para casa naquele dia. Na hora do poslúdio, ela apontava suas escolhas para Queenie e Sister, e as três corriam para convidar os homens antes que outras pessoas os pegassem.

Zaddie, Ivey e Roxie faziam almoço e jantar para esses soldados. Todo domingo, a sala de jantar de Elinor ficava repleta de familiares e de visitantes fardados. Alguns homens iam só uma vez, mas a maioria voltava duas ou três vezes. Os favoritos da família visitavam os Caskeys a cada oportunidade. A família nunca fora tão sociável e descontraída. Sempre havia um homem da Força Aérea importunando as cozinheiras, sentado à varanda de cima com Elinor ou esperando em frente à casa até que Frances e Miriam voltassem de Mobile no final da tarde.

Vez por outra, um recruta negro vinha descansar na varanda treliçada ou no quintal dos fundos, para grande alegria de Zaddie e Luvadia.

Às vezes, durante as refeições, eram tantas pessoas que a sala de estar não comportava todos, de modo que a comida era servida em um bufê montado na varanda do andar de cima. Os soldados flertavam com Sister, que era mais velha do que a mãe da maioria deles, mas tratavam James e Oscar com deferência. Ficavam encantados com Elinor e eram cautelosamente polidos perto de Frances, Miriam e Lucille, como se quisessem demonstrar a inocência de suas intenções. Tentavam levar Danjo para caçar e desafiavam Grace a fazer proezas atléticas cada vez mais exigentes.

A maioria desses visitantes fardados nunca ficava tempo suficiente para estabelecer laços de verdade com a família. Após receberem determinado treinamento, eram despachados por navio para a Europa ou para o Pacífico Sul. Os Caskeys recebiam um ou outro cartão-postal, às vezes censurados, mas logo qualquer tipo de comunicação cessava.

A única exceção a essa transitoriedade da parte dos inúmeros convidados de Elinor era um cabo das montanhas da Carolina do Norte. O nome dele era Billy Bronze. Instrutor de mecanismos de rádio, estava alocado de forma permanente na Eglin para treinar os recém-alistados. Era muito bonito, com cabelos louro-escuros e olhos acinzentados, o queixo coberto por uma sombra de barba. Tinha 27 anos. Como a maioria dos convidados de Elinor não passava dos 19 ou 20, parecia bastante maduro.

Uma vez, deu fim a uma desavença entre soldados brancos e negros no quintal dos fundos da casa, de modo que passou a ser lembrado por essa intervenção bem-vinda e foi chamado a voltar com mais frequência. Ele retornou no dia seguinte, e no outro também. Certo fim de semana, convidaram-no a ficar em um dos quartos de hóspedes, caso estivesse de folga e seu comandante permitisse. Ele o fez na noite do sábado seguinte. Elinor passou a depender do cabo Bronze para manter a ordem entre aqueles rapazes, afastar os encrenqueiros e recomendar a hospitalidade dos Caskeys àqueles homens solitários na Eglin, que eram os melhores candidatos a se beneficiarem dela.

Billy era quase sempre franco e simpático. Com Frances, no entanto, parecia ficar tímido. Apesar disso, e de Frances ser naturalmente acanhada, eles buscavam a companhia um do outro. E havia muitas oportunidades de estarem juntos. Billy ia a Perdido pelo menos duas noites por semana, às vezes mais. Passava fim de semana sim, outro não, dormindo no quarto da frente. Era uma casa cheia de familiares, criadas e convidados, de modo que os dois jovens quase nunca se viam sozinhos.

Certa noite de sábado, quando Oscar e Elinor já estavam na cama depois de a casa finalmente sossegar, ele disse à esposa:

– O cabo Bronze tem dado muita atenção à nossa garotinha.

– Tem mesmo – respondeu Elinor.

– O que acha disso?

– Acho que Billy é um ótimo rapaz.

– Ele é bom o suficiente para nossa Frances?

– Ninguém vai ser bom o suficiente para nossa Frances, mas ela vai se casar um dia, e Billy seria muito melhor do que alguns dos rapazes que já recebemos aqui. Uma coisa é deixar que eles se sentem conosco à mesa, outra é permitir que se casem com nossa filha.

– Acha que devemos comentar alguma coisa com Frances? – perguntou Oscar.

Elinor balançou a cabeça.

– Frances vai ter que tomar suas decisões quando chegar a hora. Ela só tem 20 anos. Não há pressa.

– Elinor, de que tipo de decisões está falando? Quer dizer sobre se casar?

– Não... não é isso – murmurou Elinor. – Oscar, vamos dormir. Com aqueles rapazes por aqui, meus dias são sempre tão longos...

∽

Os Caskeys notaram o romance incipiente entre Frances e Billy Bronze, mas estavam mais curiosos para ver como Elinor reagiria quando houvesse progressos concretos no cortejo titubeante. Ainda se lembravam de como Mary-Love, falecida cinco anos antes, desencorajava qualquer relacionamento fora da família. Se pudesse escolher, queria que todos continuassem solteiros e dependentes dela.

Elinor assumira o lugar de Mary-Love na família e, para muitos, poderia reagir da mesma forma que a sogra. Mas ela não fez isso. Não mostrou objeção. Na verdade, encorajava as visitas de Billy.

– Frances gosta tanto da sua companhia... Assim como todos nós.

Nas noites de sábado, quando ficava tarde e todos os rapazes voltavam à base, exceto Billy, Elinor levava o marido para a cama e deixava Frances e Billy sozinhos na varanda com tela.

Em uma dessas noites, depois de terem sido propositalmente deixados dessa forma, Billy e Frances estavam sentados lado a lado no banco suspenso, balançando devagar e se abanando com leques de papel. O vento quente da noite soprava pelos galhos altos dos carvalhos-aquáticos, e o kudzu farfalhava nas margens do dique. Mariposas se agarravam às telas, atraídas pelas luzes fracas da varanda. Frances falava sobre a Sagrado Coração, enquanto Billy falava sobre a Eglin. Naquela noite, ele a beijou.

Na noite seguinte, ele a beijou duas vezes.

– Como é sua família? – perguntou Frances.

– Só tenho meu pai. Ele é velho e cruel, mas pelo menos tem dinheiro – concluiu Billy com uma risada.

– Sua mãe faleceu?

– Ele a matou.

– Matou?!

– Ele a maltratou por 25 anos, até que ela não aguentou mais. Ele começou a me maltratar no funeral, já que ela não estava mais ali, então eu entrei para a Força Aérea. Ele falou: "Não faça isso, Billy, preciso de alguém com quem conversar." Mas eu respondi: "Converse com as paredes e com sua cama vazia. Adeus."

– Não devia ter falado com seu pai desse jeito – disse Frances em tom de reprovação.

– Ele matou minha mãe – Billy se limitou a responder. – Minhas opções eram entrar para a Força Aérea ou acabar dando com um pedaço de pau na cabeça dele. Eu teria feito isso se ele continuasse me maltratando.

– Lamento que vocês não se deem bem.

– Eu também. É por isso que gosto de vir para cá.

– Por quê?

– Porque vocês são uma família feliz.

Frances não conseguiu conter uma breve risada.

Danjo tinha 17 anos e estava no primeiro ano do secundário quando a guerra foi declarada. James Caskey pedia a Deus todas as noites que Danjo não fosse influenciado a se alistar pelos militares que visitavam a casa de Elinor. James ficaria tão desolado sem Danjo quanto Queenie ficou sem Malcolm, que nem sequer se dava ao trabalho de escrever à mãe.

– Você não vai me deixar, vai, querido? – indagou James.

Eles estavam tomando café da manhã certo dia antes de Danjo ir à escola. Grace tinha saído uma hora antes para nadar logo cedo no lago Pinchona.

– Claro que não – respondeu Danjo. – Mas provavelmente vou ser obrigado, tio James, a não ser que a guerra acabe.

– Temo que isso não acontecerá tão cedo.

– Eu tenho conversado com Billy...

– Não se meta a falar com aqueles rapazes, Danjo, nem mesmo com Billy Bronze! – exclamou James. – Eles vão querer que se aliste. Já não basta que estejam sempre tentando pôr uma arma nas suas mãos? Não vale nada o que Queenie e eu ensinamos? Você se lembra do que aconteceu com seu pai e de como ele morreu. Você se lembra do que seu irmão fez com a pobre da Dollie Faye. Pense nisso na próxima vez em que alguém puser uma arma na sua mão.

– Eu odeio armas! – exclamou Danjo com veemência.

– Você é meu menino de ouro! – falou James, estendendo a mão sobre a mesa para apertar a de Danjo.

– Mesmo assim, estava conversando com o Billy... – Danjo voltou a mencionar, titubeante.

– E?

– Tio James, o senhor sabe que vou *precisar* me alistar em algum momento no ano que vem. Não tem *jeito*.

– Eu vou morrer se isso acontecer! Mas creio que seja inevitável. Este país tem sido tão bom para nós, suponho que seja hora de sermos bons patriotas também. Mas não quero que pegue uma arma a não ser que seja para dar um tiro no próprio Adolf Hitler.

– Não vou pegar em arma nenhuma – prometeu Danjo. – Me deixe terminar, tio. Billy disse que, se eu me alistasse agora...

– Não!

– Se eu me alistasse agora, poderia meio que escolher para onde vou. E disse que, se entrasse para a Força Aérea, ele poderia falar com as pessoas e tentar garantir que eu ficasse na base Eglin Field. Eu poderia entrar na Unidade de Rádio e Billy cuidaria de mim enquanto fosse possível. Era isso que estava tentando dizer, tio James, mas o senhor não me deixava terminar.

– Billy acha mesmo que consegue que você fique na Eglin?

– Ele disse que poderia tentar.

James assentiu devagar.

– Então, da próxima vez que o encontrar, vou

conversar com ele sobre isso. Talvez, se estivesse na Eglin, ver você partir não me mataria, afinal.

– Você tem Grace – ressaltou Danjo.

– Grace não é compensação se eu perder meu garotinho. Danjo, não sei o que vai ser da minha vida sem você! Sou um velho, um velho de cabelos brancos, e já não tem nenhuma criança por perto para eu roubar e criar como se fosse minha.

– Talvez se Grace se casar e tiver filhos, você possa pegar um dos dela – sugeriu Danjo, animado.

– Grace é uma solteirona. – James suspirou. – Não vai se casar. Ela está muito feliz aqui comigo, mas não vai me dar nenhum neto. E tudo bem.

– Você quer que eu me case, então?

– Claro que não! É jovem demais para pensar nisso! Eu ainda nem contei para você...

– Não me contou o quê?

James deu de ombros, constrangido.

– Como nascem os bebês.

– Eu sei como é! – falou Danjo, rindo. – Tio James, eu tenho 17 anos. É claro que sei como é!

– Quem contou para você?

– Grace.

– E quem mais teria sido? – comentou James, balançando a cabeça devagar em reprovação.

– Grace conta a todas as meninas e um dia me

contou também. Ela tem fotos, tio James. O senhor precisa ver...

– Não fale comigo sobre essas coisas à mesa do café, Danjo. Não quero ouvir! Se você já sabe tudo, então nunca mais precisamos tocar no assunto.

– Não, senhor! – falou Danjo, às gargalhadas.

∽

Seguindo a sugestão de Billy, e com a concordância relutante de James, Danjo se alistou na Força Aérea em 1942, embora só tenha sido recrutado em junho, quando completou 18 anos e se formou no secundário. Não havia certezas naquela guerra, mas Billy deu alguma garantia de que Danjo, após três meses de treinamento básico, voltaria para a Eglin. Isso não bastou para deixar James feliz, e ele só conseguia pensar nos parcos nove meses em que Danjo ainda continuaria morando com ele.

Certa tarde, ele se queixou com Grace:

– Todas as manhãs eu me levanto e digo para mim mesmo: "Menos um dia que terei Danjo por aqui."

Grace sempre encarava qualquer questão de um ponto de vista prático, sem dramas.

– Você ainda tem mais de meio ano com ele. Aproveite, papai. Não estrague tudo pensando em quando ele vai embora. E lembre-se: quando menos perceber, ele estará de volta à Eglin. Dois anos depois, voltará a ser civil, estará aqui de novo e tudo vai voltar a ser como antes.

– Ele pode ser morto. Pode perder uma perna. Eu posso morrer! – protestou James Caskey. – As coisas nunca "voltam a ser como antes".

Grace bateu uma revista no braço da cadeira suspensa.

– Ai, pai, o senhor deve ser o homem mais bobo que conheci na vida. *Não sei* o que vou fazer com você pelo resto desta guerra.

∽

Os Caskeys ficaram muito gratos pelo esforço de Billy Bronze em manter Danjo e James juntos. Agora, não só gostavam de Billy, como tinham uma dívida com ele. Elinor já não o convidava a vir à sua casa, pois Billy sabia que seria bem-vindo a qualquer hora. Já era a tal ponto considerado um deles que sua presença nunca os impedia de falar sobre assuntos privados da família. Billy soube de detalhes das velhas inimizades dos Caskeys e de novos investimentos financeiros dos quais ninguém mais em Perdido ouvira falar. Discussões breves porém intensas irrompiam na presença dele, que também testemunhava momentos de afeto. Billy Bronze se tornou outro filho, irmão, tio e primo dos Caskeys.

O cabo também era favorecido pelo seu comandante. Desde que não abusasse do privilégio, tinha permissão para dormir na casa dos Caskeys algumas noites da semana, bem como a cada dois fins de semana. Oscar lhe emprestou um de seus automóveis, dizendo que, com o racionamento de combustível, eles não poderiam usá-lo de qualquer maneira. Billy Bronze ia e vinha com cada vez mais frequência; o quarto da frente estava sempre pronto para ele. Elinor, que tinha uma confiança implícita tanto em Billy quanto em Frances, nem se preocupava em trancar a porta do corredor que conectava os dois quartos.

Em uma noite do outono de 1942, algumas horas depois de Billy Bronze ter voltado para a Eglin, Frances pediu para ter uma conversa particular com a mãe.

– *Muito* particular, mãe – revelou ela.

Elinor conduziu a filha pelo corredor longo do segundo andar, atravessando a porta com o vitral ao fundo e saindo para a varanda da frente estreita onde ninguém se sentava. Mãe e filha se acomodaram cada qual em uma cadeira de balanço. A noite estava escura. Um coral de grilos cantava do outro lado da rua. Elinor se balançava em um ritmo constante em sua cadeira.

– Acho que sei o que quer me perguntar – falou ela.

– Sabe?

– Quer que eu explique sobre maridos e mulheres, certo?

Frances corou na escuridão.

– Não, não é sobre isso.

Elinor parou de se balançar.

– É sobre o quê, então?

– Dial Crawford.

Elinor riu.

– Dial Crawford? O que aquele velho tem a ver com a sua vida? Pobre Dollie Faye. Ela me contou que Dial não bate bem da cabeça há vinte anos e que até uma criança de 3 anos seria mais útil para ela.

– Ele lava os para-brisas.

– E pouco mais do que isso – confirmou Elinor. – O que tem Dial, querida? O que quer saber sobre ele?

Frances começou a falar, hesitante:

– Eu... paro na loja da Sra. Dollie para encher o tanque umas duas vezes por semana a caminho da faculdade e o Sr. Crawford sempre lava meu para-

-brisa. Ele sempre fala alguma coisa, mas tem uma voz tão estranha que nunca consegui entender direito o que diz. Passei muito tempo sem fazer ideia do que estava falando, mas nos últimos dois meses consigo entendê-lo melhor. Então nós sempre conversamos. Alguns dias, mesmo quando não preciso parar, eu o vejo sentado em frente à loja e ele se levanta e acena para mim. Então eu aceno de volta. Imagino que ele já conheça o carro e sabe a que horas vou passar.

– E qual o problema? Ele não deve ter muita coisa com que ocupar o tempo.

– Eu passo lá às cinco da manhã, mãe!

– As pessoas do interior acordam cedo. Enfim, continue, Frances.

– Ontem de manhã, eu tinha bastante gasolina e não pretendia parar. Mas lá estava o Sr. Crawford, parado à beira da estrada, acenando para mim. Então parei o carro e perguntei: "Está tudo bem, Sr. Crawford?" Então, mãe, ele olhou para mim e disse: "Águas negras."

– *Águas negras?* – repetiu Elinor, com o mesmo tom de voz.

– Ele falou: "Águas negras, é de lá que você veio. E é para as águas negras que vai voltar."

Frances olhou para a mãe na escuridão, mas

não conseguiu determinar a expressão dela. Elinor tinha parado de se balançar.

– O que mais Dial falou, querida?

– Ele disse outra coisa...

– O quê? – indagou Elinor, instigando-a com alguma impaciência.

– Ele disse: "Sua mãe saiu do rio." E falou também: "Diga a ela pra voltar pra lá e me deixar em paz."

Elinor riu.

– Eu não sabia que estava incomodando Dial Crawford. Talvez deva parar de ir à loja daqui em diante e pedir que Queenie faça as compras no meu lugar.

– Mãe, o que ele quis dizer quando falou que a senhora saiu do rio?

– Frances, Dial é um velho louco. Ele não sabe o que está falando. Dollie deveria ensiná-lo a ficar de boca calada.

Frances não respondeu.

– Querida, *você* acha que eu saí do rio?

– Não, não – respondeu Frances. – Claro que não! É só que às vezes...

– Às vezes o quê?

– Às vezes acho que nós duas somos diferentes... diferentes das outras pessoas.

– O que quer dizer com isso?

– Você sabe o que quero dizer, mãe. É só que às vezes eu me sinto como se não estivesse inteiramente aqui, não do jeito que Miriam, papai, Sister, Queenie e todo mundo está. Sinto que parte de mim está em outro lugar.

– Onde é esse outro lugar?

– Não sei. Não tenho certeza. – Frances se deteve. – Na verdade, *sei* onde é. No rio, no Perdido. Exatamente como o Sr. Crawford disse, nas *águas negras* que correm ali, atrás do dique. E, mãe, quando eu estou lá, você também está.

Durante alguns minutos, Elinor ficou calada. Então perguntou:

– E isso incomoda você?

– Não, ou pelo menos não até ontem, quando o Sr. Crawford meio que pôs o dedo na ferida. Quando falou aquilo, percebi o que tenho sentido ao longo de todos esses anos.

– Se já vem se sentindo assim há tanto tempo, que diferença faz agora?

Frances não respondeu.

Elinor pegou a mão da filha e a apertou.

– Eu sei por quê – sussurrou ela. Então levou a mão de Frances aos lábios e a beijou. – É por causa do Billy, não é, querida?

– Sim – respondeu Frances com uma voz tímida. – Eu só queria saber se isso faria alguma diferença. Se eu um dia quisesse me casar ou algo assim. E o problema é que nem sei o que é "isso".

Elinor não respondeu imediatamente. Após alguns instantes de silêncio, disse à filha:

– Frances, vou responder à sua pergunta e vou dizer a verdade. Mas, depois que eu fizer isso, não quero que me pergunte mais nada, entendido?

– Sim, senhora.

– A verdade é que, um dia, *vai* fazer diferença na sua vida. Mas não agora. Vá em frente e faça o que quiser. Um dia, Frances, eu serei a mulher mais orgulhosa da cidade, pois verei minha garotinha se casar com um homem que a fará feliz. E, um dia, minha garotinha me dará um ou outro neto.

– A senhora acha mesmo, mãe?

– Eu não acho. Eu *sei* – afirmou Elinor, rindo desta vez. Ainda segurava a mão de Frances. – E sabe o que vou fazer? Vou roubar uma dessas crianças, como Mary-Love roubou Miriam de mim. E todos nesta família poderão protestar indignados que eu sou tão má quanto Mary-Love. Mas eu terei minha garotinha...

– Como sabe que vai ser uma menina?

Elinor não respondeu. Parecia apenas feliz em se imaginar roubando uma de suas netas. Então tranquilizou Frances:

– Não quero que fique pensando no que Dial disse, está ouvindo? Não vai fazer diferença por muito, mas muito tempo.

– Um dia vai fazer?

– Nada de perguntas, eu avisei! Mas um dia... sim, vai fazer. Querida, prometo que estarei do seu lado quando esse dia chegar. E, quando for a hora, eu direi o que precisará saber. Acredita em mim?

– Sim, senhora.

– Confia em mim, Frances?

– Sim, senhora – repetiu ela.

– Você é minha garotinha. Miriam não. Mesmo que eu não tivesse dado Miriam para Mary-Love e ficado com as duas, você ainda seria minha filha de uma maneira que Miriam não é.

Obediente, Frances ficou calada e não fez mais perguntas.

A voz de Elinor assumiu um ar distante.

– Eu tive uma irmã. Aposto que você não sabia disso...

– Não. A senhora nunca comentou sobre ela – falou Frances com cautela. Então, esperando que

não fosse uma das perguntas proibidas, continuou:
– Ela ainda está viva? Como se chamava?

– Minha mãe teve duas filhas. Minha irmã era igual a ela, mas eu não era nada parecida. Mamãe disse para mim: "Elinor, você é tão diferente! Vá fazer o que quiser de sua vida. Eu tenho..." – Elinor fez uma pausa, como se tivesse esquecido o nome da irmã. Logo prosseguiu: – "Eu tenho Nerita, que é igual a mim em todos os sentidos." Então mamãe se livrou de mim, assim como me livrei de Miriam. E mamãe e Nerita eram parecidas como você e eu somos. Consegue entender isso?

– Acho que sim.

– A questão é que, assim que Miriam nasceu, eu vi que ela não era como eu. Era um bebê dos Caskeys, e é por isso que a entreguei para Mary-Love e Sister. Miriam pertencia a elas de um jeito ou de outro. Mas, quando você nasceu, eu reparei na mesma hora que era a *minha* bebê, e é por isso que nunca vou desistir de você. Estarei sempre do seu lado.

– Ah, mãe! – exclamou Frances. – Eu te amo tanto!

– Você é minha menina de ouro!

Frances saiu atabalhoadamente da cadeira de balanço e se prostrou aos pés da mãe. Agarrou as pernas dela e as apertou com força. Elinor se inclinou e beijou a cabeça da filha.

– Querida – sussurrou ela ao pé do ouvido de Frances –, velhos loucos como Dial às vezes sabem mais do que todas as outras pessoas juntas. Às vezes eles falam a verdade.

CAPÍTULO 9
A proposta

Enquanto Danjo se preparava para o treinamento básico em Camp Blanding, na costa atlântica da Flórida, James não largava o pé do rapaz, sem querer perdê-lo de vista um só minuto. A maioria dos jovens da idade de Danjo se irritaria com esse zelo excessivo, ainda mais vindo de um velho, mas ele era tolerante.

Nos últimos dois dias, em vez de se despedir das pessoas da cidade, Danjo ficava sentado à varanda com James, ouvindo-o suspirar e dizer coisas como:

– Espero que eu esteja vivo quando voltar, Danjo. Espero que tenha alguém aqui para abrir suas cartas quando você escrever.

O dia infeliz da partida enfim chegou. James queria que Bray o levasse de carro com Danjo pelos cerca de 650 quilômetros até Camp Blanding, para poder abraçar o rapaz diante dos portões de entrada, mas Danjo pôs um freio naquilo.

– Eu vou de ônibus, tio James, igual a todo mundo. Se quiser fazer algo por mim, peça a Elinor que me prepare alguns doces para eu levar quando tiver saudades de Perdido.

A caixa de doces, biscoitos e bolos que Elinor arrumou para Danjo, sob a supervisão de James, era quase tão pesada quanto toda a bagagem do rapaz.

Certa tarde, antes do dia em que Danjo partiria, James e a filha estavam sentados à varanda da frente de casa.

– Pai, por que estamos sentados aqui angustiados? – perguntou Grace. – Por que não vamos à casa de Elinor, onde pelo menos há outras pessoas?

– Pode ir, Grace. Quero que me deixe aqui com a minha angústia.

– Não sei se deveria dizer isso, papai, mas essa obsessão do senhor pelo Danjo está me deixando muito chateada.

– Por quê, querida?

– Porque o senhor age como se fosse ficar sozinho. Eu estou aqui, e não jurei de pés juntos que nunca vou me casar ou abandonar o senhor?

– Sim, jurou.

– Então por que o senhor age como se estivesse sozinho no mundo?

Fazia calor naquela tarde, e James estava em mangas de camisa. A cadeira dele estava debaixo das sombras da varanda, de modo que ninguém que passasse pela casa o veria vestido daquela forma. Abanava-se com um leque de papel. Grace estava sentada ao lado dele, com todo o corpo sob o sol, os braços virados para cima para garantir um bronzeado uniforme. Do outro lado da rua, as vacas se abrigavam à sombra das nogueiras, abanando o rabo para espantar as moscas.

– Posso fazer uma pergunta? – disse James. – Você lembra que adorava aquelas meninas que vinham aqui no verão?

– Sim, claro.

– E lembra que, quando foi para Spartanburg, gostava de uma delas em especial?

– Lembro, ela acabou se casando. Nunca mais quero ouvir o nome dela sair da boca do senhor ou de qualquer outra pessoa nesta cidade.

– Eu nunca faria isso – respondeu James, calmo. – Bem, é assim que me sinto a respeito de Danjo, querida. Esse é o tamanho do meu amor por aquele menino. Também amo você, é claro, sempre amei, mas Danjo é especial para mim porque ele é a única coisa que já tive que é só minha.

– E quanto a mim?

– Você também pertencia um pouco a Genevieve. Ela poderia ter levado você embora de mim, se quisesse. Ninguém vai levar Danjo embora, pelo menos não depois de Carl ter morrido. Está brava comigo por eu me sentir assim?

Grace riu. Os olhos dela estavam fechados sob o sol.

– Claro que não, pai! Eu estava só brincando com o senhor. Não tenho ciúmes. Sei como gosta do Danjo, que é o menino mais doce do mundo. Nunca poderia ter nada contra ele! Só espero que o senhor não tente me mandar embora daqui.

– Eu nunca mandaria minha garotinha embora, nunca!

༄

Contrariando as dúvidas de James Caskey, Danjo foi alocado na base aérea Eglin Field quando terminou seu treinamento básico. James conhecia muitas famílias que tinham se despedido de seus filhos na esperança de que eles cumprissem os dois anos de serviço sentados à mesa de informações do Cemitério Nacional de Arlington, para então descobrir que o Departamento de Guerra julgava que a função mais adequada para o novo recruta era alimentar a caldeira de um contratorpedeiro no oeste do Pacífico. No caso de Danjo, porém, tudo correu como o planejado e, uma vez concluído o treinamento, ele foi enviado para a Eglin. Podia visitar o tio duas ou três vezes por semana.

Billy Bronze ficou com todo o crédito por Danjo ter continuado tão perto de casa. Era verdade que ele havia perguntado ao comandante se era possível fazer algo, mas não sabia se seu pedido tivera alguma influência na questão. Como Danjo fez o treinamento de operador de rádio, Billy era seu supervisor. Assim, quando Bronze vinha de carro da Eglin para Perdido, muitas vezes conseguia trazer Danjo. O jovem cabo não relutou em aceitar a gratidão dos Caskeys. Ele pretendia pedir Frances em casamento e achava que não faria mal à sua causa se a família pensasse que lhe devia um grande favor.

Billy Bronze era um homem bonito e inteligente, cujo único desejo era ter uma vida confortável e alguém que cuidasse dele. O pai, embora rico, era tudo menos afetuoso. Billy nunca conhecera muito conforto ou carinho quando criança. Aos 8 anos, foi enviado para a escola militar. Ao contrário de seus jovens colegas de sala, nunca se permitira sentir saudades de casa por um instante que fosse, e nunca ansiava por um feriado.

Agora, anos depois, era grato por ter caído nas graças dos Caskeys. Os homens da Eglin às vezes caçoavam dele por estar cortejando uma herdeira, mas Billy, que também herdaria uma fortuna considerável, não se deixava tolher por aquela acusação.

Era fascinado pelos Caskeys; pelas mulheres em especial. Billy convivera com poucas. Sua mãe era amedrontada e inválida. Ficava trancada em seu quarto, as persianas baixadas, e Billy só a vira sair dali uma vez: quando foi retirada em seu caixão. Os criados do pai eram todos homens, exceto pela cozinheira, mas a cozinha era um local proibido para ele. Na escola militar, conheceu uma mulher, a esposa de um comandante, e uma garota, a filha do mesmo comandante. Billy era um entre trezentos rapazes, o que praticamente impossibilitava qualquer intimidade com elas.

Entre os Caskeys, no entanto, não só havia muitas mulheres como elas também comandavam a família. Billy nunca tinha visto coisa parecida. Essa ideia o fascinava. Adorava estar junto dos Caskeys e logo passou a amar cada um deles. Ouvia com igual encanto as fofocas detalhadas de Queenie, o sarcasmo de Miriam, o jeito tímido de Frances, as provocações masculinas de Grace, os flertes recatados de Lucille e os pronunciamentos cheios de autoridade de Elinor.

Até as criadas pareciam ter sido afetadas pelo suposto poder das mulheres da família. Zaddie, Ivey, Roxie e Luvadia faziam e diziam o que bem entendessem. Em contrapartida, Oscar parecia ser um tanto explorado – talvez estivesse fadado à impotência não fosse o controle, ainda que superficial, que tinha sobre a madeireira. James Caskey abdicara de seus direitos e havia, de certo modo, se colocado à parte dos negócios. Danjo era um rapaz forte e másculo, mas fora treinado para acreditar que o verdadeiro poder e prestígio estava nas mãos das mulheres, não dos homens. Um ano antes de ir para a Eglin, Billy jamais teria acreditado na existência de tal família. Agora, queria ficar junto dela para sempre.

Ele se perguntava o que teria feito se não houvesse uma filha na família com quem se casar. Que outro subterfúgio poderia ter usado para continuar em Perdido e no círculo dos Caskeys? No momento, havia (pelo menos em teoria) três candidatas: Frances, Miriam e Lucille.

Lucille estava fora de questão. Mesmo a pouca exposição de Billy ao sexo feminino lhe ensinara o suficiente para ele saber que deveria ficar longe *daquele* tipo. Diante de Miriam e Frances, tão diferentes entre si considerando que eram irmãs, Billy escolhera Frances. Não havia tomado essa decisão por achar que ela seria uma melhor esposa, mas por julgar mais provável que aceitasse o pedido de casamento. O objetivo principal dele era entrar para o clã dos Caskeys; como faria isso não era tão importante.

Assim, Billy seduziu Frances da melhor maneira que sabia: de forma simples e direta. Havia deixado claro desde o início que pretendia, mais cedo ou mais tarde, pedi-la em casamento. Não conseguiu pensar em outro método. E, apesar de suas intenções pouco românticas, descobriu ao longo do cortejo que afinal amava Frances. Não conseguia indicar um atributo em especial, fosse ele físico ou emocional. Simplesmente aconteceu. E ele saberia dizer o exato momento em que se apaixonara.

Era um fim de tarde na primavera de 1943. Frances e ele caminhavam ao redor da casa, admirando os brotos nas azaleias, enquanto ela falava sobre os três anos que havia passado acamada com uma artrite incapacitante. De repente, Billy viu Frances com outros olhos, como se um sol diferente banhasse seu rosto e seu corpo com um novo tipo de luz.

Interrompendo o relato dela, Billy disse:

– Frances, sabe de uma coisa?

– O quê?

– Estou apaixonado por você.

– Sério? – disse ela, rindo e corando. – Bem, sabe de uma coisa? Eu também estou apaixonada por você. Agora eu, você e a cidade inteira já sabem.

– A cidade inteira?

Frances assentiu.

– Toda manhã, Queenie vem aqui e diz: "Frances, quando é que aquele rapaz vai pedir sua mão em casamento?" – Ela fez uma pausa e tornou a rir. – Ai, meu Deus! Eu não devia ter dito isso, não é? Agora parece que estou exigindo que me peça em casamento.

Eles estavam nos fundos da casa agora, andando entre os troncos estreitos dos carvalhos-aquáticos. Sentaram-se na tábua que servia de banco, posicionada entre duas das árvores.

– Quer que eu peça você em casamento, então? – perguntou Billy.

– Ora, claro que sim – disse Frances. – Mas só se for da sua vontade. Quer dizer... – Ela se deteve, tentando parecer séria e transtornada. – Eu não deveria dizer isso. Sister vai me matar. Mamãe também, provavelmente. Se não quiser se casar comigo, acabei deixando você em uma situação constrangedora, não é? Vai se sentir obrigado a pedir minha mão, e não terá como sair dessa. Além disso, uma garota nunca deve tocar no assunto antes do rapaz. O problema é que estou sempre pensando nisso e mais ou menos supondo que vai acontecer. Mas não deveria fazer isso, acho? Quer dizer, se preferir pegar o carro agora, voltar para a Eglin e fingir que nunca falei...

– Frances, você quer se casar comigo ou não?

– É claro que quero! – respondeu ela com uma risadinha. Então, olhou em volta e ficou quieta por alguns instantes. – Então é isso? Já está resolvido?

Estava claro que flertar não era o forte de Frances.

– Por enquanto, sim.

– O que mais temos que fazer? – indagou ela.

– Bem, para começar, temos que decidir quando vamos contar à sua família.

– Minha família já sabe. Como eu disse, eles vivem me perguntando se você já pediu minha mão.

– Então precisamos decidir quando.

– Quando o quê?

– Quando vamos nos casar. Imagino que sua mãe vá querer fazer algum tipo de cerimônia. Você vai se formar na Sagrado Coração em maio, deveríamos esperar até lá. Talvez seja até melhor esperarmos o fim da guerra. Eu posso ser transferido da Eglin a qualquer momento.

– Para mim tanto faz, sinceramente – respondeu Frances. – Estou feliz que esteja tudo resolvido e que todos vão parar de perguntar a respeito.

– E o mais importante...

– O quê?

– O que vamos fazer depois, quando estivermos casados.

Frances o encarou com uma expressão vazia.

– Quer dizer – continuou Billy –, onde vamos morar e tudo o mais.

– Ah – murmurou Frances, como se nunca tivesse pensado no assunto. – Duvido que mamãe queira que eu me mude daqui. É provável que peça que você venha morar conosco. Meus pais vão querer que tudo continue igual, com a exceção de que você e eu vamos dormir no mesmo quarto. – Um pensamento repentino lhe veio à mente. Ela fitou Billy com um olhar intenso e falou com a voz trêmula: – Billy, me prometa uma coisa.

– O quê?

– Depois que nos casarmos, você vai dormir no meu quarto. Prometa que não vai me fazer dormir no quarto da frente.

Ele sorriu.

– Também tem pesadelos naquele quarto?

Frances assentiu. Então, com uma expressão alterada, perguntou:

– Onde você pensa em morar depois de nos casarmos? Se quiser, eu posso ir com você.

– Não, não vou obrigar você a fazer nada que não queira. Além do mais, quero morar aqui. Quero ir para a casa dos seus pais – confessou ele, inclinando-se para beijá-la. – O único motivo para eu me casar com você é me tornar um Caskey.

– Eu sei disso. Tenho sorte por você não ter escolhido Miriam...

Eles ficaram sentados no banco olhando para o dique. De repente, depois de tantas semanas juntos, os dois não sabiam o que dizer.

– Vamos subir ali – sugeriu Frances de repente, apontando para cima.

– Até o topo do dique?

– Isso. Você nunca esteve lá em cima?

Billy balançou a cabeça.

– Não sabia que dava para subir até lá.

– Tem uma escada atrás da casa do tio James. Está quase toda coberta pelo kudzu, mas continua ali.

Ela pegou a mão de Billy e o conduziu pelo quintal até a escada. Estava escondida, mas Frances não teve problemas para encontrá-la.

– Cuidado – avisou ela. – Papai sempre diz que há cobras no meio desse kudzu, embora eu nunca tenha visto.

Subindo pela escada escura, eles chegaram ao topo do dique. Em vinte anos, as muralhas de barro haviam sido cobertas por uma trepadeira agressiva, que tomou conta de tudo ao redor. No entanto, no ponto mais alto e plano do dique, pequenos carvalhos e pinheiros haviam se enraizado. Ali também cresciam verbenas silvestres, além de flores como pincéis-indianos, petúnias e floxes, que o vento havia trazido de algum jardim de Perdido.

Em duas décadas, o dique se tornara quase invisível para os habitantes da cidade, mesmo para aqueles que viviam sob sua sombra. As crianças, para as quais não era novidade, não tinham vontade de brincar ali, portanto não eram alertadas do perigo. Os rios que corriam por trás daquelas barragens se tornaram ainda menos familiares para os que viviam na cidade. Quem pensava nos rios

Perdido e Blackwater? Só era possível vê-los quando se atravessava a ponte sob o Hotel Osceola, sendo que as novas laterais de concreto daquela ponte bloqueavam quase toda a vista.

No topo, Billy Bronze ficou surpreso com o aspecto do rio do outro lado.

– Parece tão bravo! – exclamou.

O Perdido era rápido, a água turva, lamacenta, vermelha. Seu movimento era urgente, insistente, inexorável.

– Parece perigoso. Não é de espantar que tenham construído essas barragens – acrescentou ele.

Frances deu uma risadinha.

– Adoro esse rio! – disse ela. – Vamos caminhar até a confluência.

Ela pegou a mão de Billy e o conduziu pelo caminho. À direita, viam-se as casas que um dia haviam pertencido aos DeBordenaves e aos Turks. Uma estava fechada, com as janelas cobertas por tábuas; a outra, abandonada.

– Mamãe ama esse rio ainda mais do que eu. De março a novembro, nada nele todos os dias.

– Neste aqui?!

Frances assentiu.

– Ela faz isso desde que eu me lembro. Mamãe é a melhor nadadora que já vi. Eu também sou muito boa. Às vezes – acrescentou Frances com orgulho – vou nadar com ela.

– Mas essa correnteza! Como conseguem nadar nela?

Frances deu de ombros.

– Não sei. Nadando. Quando eu fiquei doente – prosseguiu ela, esforçando-se para lembrar –, minha mãe me banhava todos os dias nas águas do Perdido, e foi isso que me fez melhorar.

– Como isso curou você?

– Não sei. Minha mãe disse que é porque fui batizada nas águas do Perdido. Talvez seja isso.

Chegaram à confluência. Atrás deles erguia-se a prefeitura. O ônibus dos estaleiros de Pensacola acabara de chegar para deixar as trabalhadoras no estacionamento; alguns dos maridos estavam à espera em seus automóveis. Diante do casal recém-noivado, as águas vermelhas do Perdido e as águas negras do Blackwater, que era menor, se uniam em uma espiral, afundando-se em um redemoinho em direção ao leito lamacento.

– Quando você vai nadar não tem medo? – perguntou Billy, apontando para baixo.

Frances não respondeu. Olhava para o redemoinho, como se mais uma vez tentasse se lembrar de algo.

– E se você fosse sugada lá para baixo? Ia se afogar com certeza.

– Não... – disse Frances, um tanto distraída. – Não exatamente.

– Como assim?

– Estou tentando me lembrar...

– De quê?

– Eu *já estive* lá embaixo – respondeu ela, olhando para o noivo com uma expressão intrigada. – Acho que me lembro de descer por aquele redemoinho.

Billy tornou a olhar para a confluência.

– Você se lembra? – perguntou ele.

– Não... É uma lembrança nebulosa.

– Então me diga, o que tem lá embaixo? – indagou Billy, como se ela o estivesse apenas provocando.

– Minha mãe...

– O quê?

– Minha mãe está lá embaixo.

– Está tudo bem, Frances? Você parece tão...

Ela estremeceu e fechou os olhos com força. Então voltou a abri-los e disse:

– Desculpa, o que você falou?

– Nada. Vamos voltar?

Eles voltaram pelo dique, sem mencionar a

lembrança de Frances sobre o redemoinho na confluência dos rios. Desceram com cuidado os degraus em meio ao kudzu. Quando chegaram ao pé das escadas, Billy disse:

– Olha, Frances, você *nunca* desceu por aquele redemoinho. É impossível. Qualquer um teria se afogado.

⁓

Frances não esperou para contar à família sobre o noivado. Elinor abraçou a filha e, depois, Billy Bronze.

– Billy, espero que não estejam pensando na bobagem de ir para qualquer outro lugar depois de se casarem. Tomara que Frances e você queiram continuar aqui. O que Oscar e eu faríamos sem nossa garotinha? O que faríamos sem *você*, aliás?

– Elinor, você está parecendo minha mãe quando nos casamos – disse Oscar. – Ela não queria que saíssemos daqui, e você sabe muito bem o tipo de problema que isso causou.

– Oscar, eu não sou nada parecida com Mary-Love e não me agrada nem um pouco que você diga isso.

– Sra. Caskey, Frances e eu não vamos a lugar algum – afirmou Billy. – Um dos grandes motivos para eu me casar com ela é poder continuar aqui com a senhora e com o Sr. Oscar.

Elinor assentiu, aprovando a ideia, e Oscar parecia feliz.

Eles ficaram na varanda do andar de cima até a hora do jantar, falando sobre os planos do casal. Um a um, os demais Caskeys chegaram para receber a notícia com graus não muito variáveis de alegria.

Sister parabenizou com entusiasmo a sobrinha, embora suas previsões para o casamento em si fossem desanimadoras.

– Tem certeza de que sabe onde está se metendo? Aposto que não. Aposto que, daqui a seis meses, vai descobrir que cometeu um grande erro.

Todos, até Frances e Billy, entenderam que Sister estava falando acima de tudo sobre o próprio casamento, então não levaram a mal aqueles comentários.

– E quanto a seu pai? – indagou Queenie Strickland, que sempre encontrava a pergunta em que ninguém mais havia pensado.

– Ah, sim – falou Elinor. – Acha que ele virá ao casamento?

Billy balançou a cabeça.

– Não, senhora.

– Ele não aprovaria seu casamento com nossa peixinha? – perguntou Oscar com alegria.

– Papai, não me chame assim. Tenho 21 anos. Não sou mais um bebê.

– Meu pai está decidido a ficar contra tudo que eu faça – respondeu Billy.

– Lamento – falou Sister, compreensiva, lembrando-se de algo parecido em sua infância.

– Isso vai impedir você? – perguntou Elinor. – Pode acabar sendo deserdado.

– Ele poderia fazer isso, mas acho que não. Mesmo assim, não me impediria.

Frances correu os olhos pela varanda com orgulho, como se dissesse: "Olhem o que este homem está disposto a fazer por mim…"

– Quer que eu ligue para ele? – ofereceu Elinor. – Não me importo de conversar com seu pai e explicar tudo.

Billy balançou a cabeça.

– É melhor que seja eu a fazer isso. Ele não vai gostar, e não há motivo para a senhora ter que ouvir o que ele vai dizer.

– Não sei por que *algumas* pessoas simplesmente não morrem de vez – falou Queenie, incisiva. – Isso deixaria *outras* pessoas tão felizes…

– Queenie – repreendeu James –, você está falando do *pai* do Billy!

– Não se preocupe, senhor – interveio Billy. – Já falei coisas piores do que a Sra. Strickland.

– *Nunca* vou entender como os filhos sobrevivem aos próprios pais – disse Sister com um suspiro.

Miriam, que durante todo aquele tempo estivera sentada em sua cadeira suspensa lendo o jornal da tarde de Mobile sob o sol que se punha, largou-o no chão e perguntou:

– Quando é o casamento? Se eu estiver convidada, me digam agora para eu pedir a Sister que comece a pensar em me arranjar um vestido, sapatos e todo o resto.

– Miriam, não se deve perguntar a uma pessoa se você está convidada para o casamento dela! – exclamou Sister.

– Miriam, você seria minha dama de honra? – indagou Frances, acanhada, olhando para a mãe em busca de aprovação.

Elinor assentiu.

– Se você quiser... – respondeu Miriam. – Caso contrário, Frances, pode dizer a verdade e pedir a outra pessoa. Não vou ficar magoada.

– Não – retrucou Frances. – Quero que seja você. É minha irmã.

– Muito bem – concordou Miriam. – Está decidido. Sister, você me arranja um vestido ou algo que possa vestir?

– Claro, querida, mas não é tão simples assim. Primeiro, temos que descobrir o que a noiva vai vestir. Essas coisas levam tempo.

Miriam pareceu receber a notícia do noivado da irmã com serenidade, talvez até com indiferença.

– Quando vai ser? – perguntou.

– Não sabemos – respondeu Billy. – Frances precisa primeiro se formar na Sagrado Coração. Talvez até esperemos o fim da guerra.

– Quem sabe quando isso vai acontecer? – James bufou. – Depois que eles levarem *todos* os nossos rapazes embora, imagino.

– Suponho que sim – concordou Billy.

– É melhor não esperarem o fim da guerra – aconselhou Elinor. – James tem razão. Quem sabe quanto tempo ainda vai durar.

Zaddie apareceu à porta para anunciar que o jantar estava pronto. Todos se levantaram de seus bancos, cadeiras suspensas e cadeiras de balanço.

– Deixem para se casar no verão – sugeriu Queenie, andando em direção à porta.

– Mas não em agosto – contrapôs Sister, aproveitando a deixa. – Todos na igreja vão derreter. E sabe o que acontece com as flores dentro de uma igreja em agosto? A única coisa pior do que se casar em agosto é morrer em agosto. Mamãe morreu nesse mês e quase tivemos que colocá-la no gelo.

Todos desceram as escadas e foram para a sala de jantar. Frances ficou para trás e continuou na varanda até Miriam e ela estarem sozinhas.

– Está feliz por mim? – perguntou ela à irmã, acanhada.

– Claro que estou – falou Miriam com rispidez. – Embora nunca vá entender por que Billy concordaria em continuar nesta casa com Elinor.

– Billy adora a mamãe!

– Então é um tolo – concluiu Miriam, assentindo de forma decisiva. Ela fitou a irmã, que lhe pareceu abatida. – Se ele ama você, então pouco importa se é um tolo ou não.

Frances ergueu os olhos com um sorriso.

– A comida vai esfriar se não descermos logo – comentou Miriam, marchando até a porta.

Enquanto as irmãs desciam as escadas, Miriam se virou e falou por sobre o ombro:

– Não sei por que vocês não fazem como todo

mundo nesta família: fujam e se casem às escondidas. É melhor me contar de uma vez o que quer de presente de casamento. Estou tão ocupada na madeireira que não tenho tempo para ir às compras.

CAPÍTULO 10

Lago Pinchona

Durante a guerra, os Caskeys cuidaram de Queenie. Ela não tinha emprego e não queria outro trabalho além de fazer companhia a James, que lhe dava dinheiro. Sister e Elinor, por sua vez, repassavam para ela alguns cupons de racionamento.

Queenie nunca cozinhava, pois a mesa dos Caskeys sempre tinha um lugar para ela e Lucille. Queenie era como uma parente pobre e se fazia útil: como companhia ocasional, resolvendo pequenas pendências, estando sempre disposta a ouvir e, às vezes, até como bode expiatório. Desde a morte de Carl, seu marido, tornara-se uma mulher que não se queixava de sua condição de inferioridade. Não se ressentia do bem que lhe era feito e ignorava as ofensas inconscientes que por vezes notava no comportamento dos Caskeys em relação a ela e seus filhos.

Queenie poderia ter exigido mais, não fosse pelo problema apresentado pelos filhos. Danjo pertencia a James Caskey. Ninguém teria interferido se ela houvesse reclamado seus direitos como mãe do menino, exceto pelo fato de que Carl trocara Danjo por um automóvel novo, em uma negociação justa com James. Quase quinze anos haviam se passado desde então, mas Queenie ainda tinha aquele carro – embora agora estivesse parado em frente à sua casa, sem gasolina.

Como sempre ia à casa de James, Queenie via o filho com frequência, mas o amor que havia entre eles não era maior do que o amor entre Elinor e Miriam. Queenie era como uma tia distante para Danjo. Às vezes ela se lamentava desse arranjo, mas não porque sentisse falta de Danjo ou se arrependesse da escolha que fizera, mas porque Danjo era o melhor de seus três filhos. Muitas vezes ela desejava que tivesse sido Malcolm ou Lucille a moeda de troca na negociação entre Carl e James.

Do seu garoto mais velho, ela mal tinha notícias. Malcolm treinara em Camp Blanding, fora alocado em Fort Dix em Nova Jersey e depois se realistara e fora transferido para algum lugar no Texas. Fora promovido duas vezes e gostava da vida militar.

Todos que conheciam Malcolm diziam com delicadeza para Queenie:

– A disciplina vai fazer maravilhas para aquele garoto, você vai ver só. Era disso que ele precisava.

Esse tipo de crítica doía. Queenie suspeitava que não tinha nascido para ser mãe. Não fazia ideia de onde Malcolm passava suas licenças. Perguntava-se se um dia voltaria a vê-lo. Com todo aquele conflito na Europa e no Pacífico, parecia inevitável que ele logo fosse enviado para lá. O garoto escrevia com pouca frequência, e Queenie lia cada uma de suas breves cartas com atenção, sempre imaginando que poderia ser a última.

Lucille vinha se tornando tão irresponsável quanto Malcolm. No balcão de doces, flertava com cada soldado que passava pela porta. Também arranjara um emprego à noite, servindo mesas no lago Pinchona. Queenie não aprovava aquilo, mas não podia privar a menina da oportunidade de fazer um dinheiro extra.

Lucille tinha uma pilha de fotos de homens da Força Aérea amarrada com uma fita amarela na primeira gaveta de sua penteadeira. Queenie a havia encontrado um dia enquanto procurava por um botão. Nos fins de semana, a filha passava dia e noite no lago, onde havia no mínimo três militares para cada garota da cidade. Queenie tentou censurá-la uma única vez, dizendo:

– Querida, aqueles homens que estão vindo da Eglin não são rapazes de Perdido.

– A senhora está tentando me dizer alguma coisa? – perguntou Lucille, irritada e queixosa.

– Só estou falando que eles não cresceram aqui. Não sabem que quase todas as garotas de Perdido são inocentes. Algum dia, um deles pode tentar ir longe demais.

Lucille fitou a mãe com desconfiança.

– Ninguém foi longe demais comigo, mãe. Nem sei por que acha que deveria me dizer uma coisa dessas. Fico constrangida só de ouvir!

Queenie então não falou mais nada. Em seu coração infeliz, teve a mais plena certeza de que a filha já fora longe demais com um dos homens da Eglin.

╭──╮

O Pinchona ficava a cerca de 11 quilômetros de Perdido. O lago de 20 hectares tinha formato irregular, com vários braços estreitos de terreno florestal avançando na água e vários cursos d'água ocultos que se esgueiravam pelas florestas de pinheiros, cedros e ciprestes.

No lado oeste do lago, havia uma pastagem com um rebanho de vacas da raça Holstein. A grama que aquelas vacas pastavam era a mais densa e mais verde que qualquer habitante de Perdido já vira. As cores daquela grama, da água do lago e do céu que se arqueava sobre toda aquela paisagem eram como os tons em uma caixa de tintas, misteriosas e de uma riqueza inconcebível. A água do lago era azul e cristalina, as margens repletas de nenúfares. Homens corajosos, sem medo dos jacarés que nadavam ali, levavam suas namoradas aflitas para passear em pequenos barcos. Porém o perigo era quase nulo para aqueles que se aventuravam a entrar na água, já que os jacarés eram muito bem alimentados pelas crianças que jogavam pedaços de pão das janelas do salão de dança.

Construído junto a uma área ampla para piqueniques, sob um bosque de cedros gigantescos, o salão de dança era espaçoso, retangular e ficava suspenso sobre a água, com um passadiço que dava acesso à terra firme. Um dos lados era ocupado por uma cozinha e uma pequena sala de jantar protegida por uma tela, mas a maior parte do espaço consistia no salão de dança em si. O chão era de madeira escura, o teto em forma de abóbada ensombrecido e um banco se estendia por três das laterais, debaixo de uma linha contínua de janelas. O espaço sempre parecia estar na penumbra, não só por conta da madeira escura, mas também da luz forte que vinha das janelas e da porta de entrada. Lá fora, do outro lado da área para piqueniques, havia uma barraca com artigos para venda, dois banheiros pequenos e uma piscina grande.

O lago era muito popular durante a guerra. Ficava perto da Eglin, o que facilitava a volta para a base tarde da noite. Atraía garotas de Perdido, Bay Minette, Brewton, Atmore, Fairhope, Vaughn, Daphne e até Mobile. A dança começava às cinco da tarde e terminava à meia-noite. Nos fins de semana, uma banda era contratada e a entrada custava 1 dólar. Os administradores eram um casal de meia-idade, mas ambos estavam tão ocupados na cozinha fazendo hambúrgueres e cachorros-quentes que mal tinham tempo de supervisionar os frequentadores. Os mais pudicos nas cidades vizinhas começaram a espalhar fofocas sobre o que acontecia no lago Pinchona, porém os mais sofisticados defendiam que o salão de dança era um lugar melhor para as filhas dos condados de

Baldwin e Escambia do que o banco traseiro de um carro.

∽

Todas as noites, das seis às nove, Lucille servia mesas (sem o menor jeito) no pequeno salão de jantar junto à pista de dança. Era a única garçonete e às vezes chegava a juntar 4 ou 5 dólares em gorjetas dos soldados. Quando o expediente acabava, ela ia às pressas até o banheiro e trocava o uniforme branco por uma roupa mais apropriada. Seu momento preferido do dia era quando voltava ao salão de dança, livre da rede de cabelo e do vestido branco reto com avental que compunham o uniforme de garçonete. Com o rosto limpo, o cabelo escovado, o vestido passado, ainda com o cheiro do sol que o havia secado pela manhã, todos os homens da Força Aérea se reuniam à sua volta e diziam coisas como:

– Tem certeza de que é a mesma garota que derrubou batata frita e derramou café no meu colo?

Lucille sempre ria e respondia:

– De jeito nenhum! Aquela era minha irmã gêmea!

Ela dançava com qualquer um que a convidasse.

Depois, sentava-se atrevidamente com o preferido da noite no banco que contornava o salão. Pela janela, os dois contemplavam a lua, as estrelas e a água cintilante, com seus anéis de nenúfares, cujas flores alvas brilhavam na base escura. O salão de dança era barulhento e iluminado, mas Lucille e o homem da Força Aérea se voltavam um para o outro e trocavam sorrisos. Nesse ponto, Lucille sempre perguntava em sua voz mais recatada:

– Como você se chama?

Os meses passavam no lago Pinchona e Lucille nunca se cansava do seu ritual noturno. A mãe não entendia como a jovem aguentava: o dia inteiro de pé atrás do balcão de doces na loja, depois servindo mesas à noitinha e, por fim, dançando até meia-noite. Mas Lucille não se cansava.

– É meu esforço de guerra – dizia alegremente.

Um inverno brando foi seguido por uma primavera mais quente do que o habitual, de modo que o lago abriu para o público várias semanas antes do esperado. Agora, havia ainda mais gente do que no ano anterior, portanto o horário da cozinha foi estendido até as dez da noite. Lucille continuava sendo a única garçonete, mas já não derrubava pratos de batatas fritas nem derramava xícaras de café. Fazia todo o trabalho no automático, seu pensamento longe das ações e do sorriso em seu rosto. Passava cada minuto ansiando pelo momento mágico em que voltaria transformada ao salão de dança.

Repetia na mente os elogios que recebera no passado, esperando que naquela noite um dos recrutas lhe dissesse algo que nunca ouvira. Olhava para todos os presentes, perguntando-se qual escolheria para ser seu parceiro especial. Nunca decidia de antemão, preferia deixar que o acaso escolhesse. De alguma forma, Lucille se convencera de que o grupo de pessoas ali no lago era diferente daquele que vira na noite anterior ou uma semana antes. Embora reconhecesse muitos dos rostos de outras ocasiões, isso não abalava sua crença. Agarrava-se a essa clara ilusão porque gostava de imaginar que seu retorno a cada noite gerava um encanto sem precedentes nos homens do Exército que testemunhavam sua metamorfose.

∽

Certa vez, Elinor teve uma conversa particular com Billy Bronze.

– Queenie está preocupada com Lucille e, cá entre nós, ela tem seus motivos. Se não se importa, queria pedir a você que leve Frances e Miriam ao lago de vez em quando para ficarem de olho em Lucille. Eu sei que ela vai fazer o que bem entender de qualquer maneira, mas Queenie ficaria mais aliviada se soubesse que tem alguém por perto.

Assim, Billy e Frances, e às vezes Miriam, passaram a ir ao lago Pinchona à noite para dançar. Acenavam para Lucille ao chegar, pediam refrigerantes, sorriam quando ela fazia sua já famosa reentrada e a lembravam de que Queenie ficava preocupada se ela voltasse depois da meia-noite.

Certa noite de sábado, pouco depois do noivado, Frances e Billy estavam no salão de dança sem Miriam. Tinham jantado com Elinor e Oscar e, em seguida, ido de carro até o lago. Andaram de mãos dadas entre os cedros, pararam à beira do lago e olharam para a água negra entre as bases largas dos nenúfares. Ao redor deles, as cigarras ciciavam, dando a impressão de que cada árvore e arbusto cantava.

Às dez da noite, foram ao salão de dança. A cozinha estava fechando, de modo que o barulho dos pratos e a conversa das pessoas não atrapalhassem os dançarinos durante as horas mais avançadas e íntimas da noite.

Entraram no salão de jantar no momento em que Lucille expulsava o último cliente relutante e trancava a porta. Tinha sido uma noite agitada e ela parecia cansada e distraída.

– Estou exausta – confessou.

– Então talvez seja melhor ir para casa – sugeriu Frances.

Lucille olhou incrédula para a prima.

– É noite de sábado! – exclamou, como se isso explicasse tudo.

Frances e Billy se afastaram para conversar com alguns conhecidos da Eglin. Tão concentrada e isolada no salão de jantar vazio quanto um peixe em seu aquário, Lucille limpou as mesas, arrumou-as para a noite seguinte, contou as gorjetas e, enquanto tirava o avental, piscou para a lavadora de pratos.

Saiu de forma um tanto espalhafatosa pela porta da cozinha, dando boa-noite em voz alta para a esposa do dono, que limpava o fogão, e para o próprio dono, que recebia as pessoas à porta. Então seguiu em direção à noite, os sapatos deixando marcas fugazes no passadiço de madeira.

Todos no salão de dança sabiam que Lucille voltaria dali a quinze minutos. Se ela não fosse tão bonita, aquele pequeno espetáculo que fazia todas as noites seria ridículo. A banda continuava a tocar, mas poucas pessoas dançavam. Todos os homens queriam ver o retorno de Lucille. As jovens cochichavam entre si que, como tinha parentes ricos, Lucille só trabalhava para poder comprar aqueles vestidos cafonas.

Naquela noite, no entanto, todos esperaram em vão. Lucille não voltou.

Após uma hora de espera, Frances ficou ansiosa. Foi falar com o dono:

– Onde está Lucille? – perguntou. – Ela não costuma demorar tanto.

O dono se limitou a responder:

– Está trocando de roupa no banheiro. Eu dei uma chave a ela, porque ninguém pode ir lá à noite.

– Talvez ela tenha ido para casa – sugeriu a esposa do dono enquanto saía da cozinha, limpando as mãos no avental sujo.

– Pois eu duvido muito – retrucou o dono. – Quer apostar?

Frances fez sinal para Billy ficar ali e foi em direção à porta. O som de madeira ecoou de seus passos à medida que ela atravessava o passadiço sobre a beira do lago. Era uma noite de luar, mas luz alguma conseguia atravessar a barreira densa de galhos de cedro. Frances abriu a porta do banheiro e chamou Lucille. A resposta foi apenas uma respiração estridente, agonizante.

Frances levantou o braço e puxou a corrente da luminária de metal que pendia do teto. Sob a luz forte, viu Lucille encolhida no chão áspero e cheio de poças do banheiro. Seu vestido fora rasgado e erguido sobre os seios, a calcinha puxada para baixo até os tornozelos. A barriga e a parte interna das coxas estavam cobertas de sangue.

Lucille mal conseguia manter os olhos abertos.

– Frances? – sussurrou ela, enquanto a prima começava a puxar suas roupas para baixo, ajeitando-as dentro do possível.

– Ah, meu Deus... Ah, meu Deus – sussurrou Frances. – Vamos levar você para casa.

– Travis Gann – disse Lucille, tentando se levantar. – Foi Travis Gann.

– Achei que ele estivesse na cadeia!

Lucille balançou a cabeça, então perdeu o pouco equilíbrio que havia recuperado, a cabeça caindo de volta no piso de madeira tosca com um baque alto.

– Fique deitada. Vou chamar o Billy – disse Frances.

Lucille não respondeu. Sua respiração soava irregular.

Ao se levantar, Frances bateu a cabeça na luminária, fazendo a lâmpada dançar e lançar sombras violentas e feixes de luz por todo o interior do banheiro. Andando de costas, ela passou pela porta, tornando a bater com a cabeça, desta vez na parte de cima da moldura.

Tudo mudou para Frances quando ela saiu do banheiro com a intenção de voltar ao salão de dança para buscar Billy. Para começar, já não parecia noite. Antes, precisara tatear o caminho até ali com os braços estendidos. Agora, enquanto voltava, enxergava com tanta facilidade quanto se fosse meio-dia, com o sol refletindo, ofuscante, na superfície do lago Pinchona.

Francis queria correr dali para chamar o noivo, mas havia algo em suas pernas que a impossibilitava. Ela trotava e oscilava, a cabeça despontando para a frente.

Tudo *parecia* diferente também: sua visão estava embaçada e ela via tudo de uma altura nova. O chão parecia mais distante. Embora Frances registrasse essas diferenças, sua própria mente havia mudado – e já não abrigava os pensamentos da prima de Lucille.

A audição dela estava aguçada. À sua direita, entre um bosque de ciprestes num pequeno trecho de terra esponjosa, ela ouviu passos no chão macio. Sem nenhum pensamento consciente, a criatura que já não era Frances se virou naquela direção.

Ao mesmo tempo, a criatura detectou outro som, desta vez bem mais alto; passos que ecoavam no passadiço vindos do salão de dança. Esgueirou-se para a escuridão para evitar Billy, que andava na direção do banheiro. Misturou-se às árvores, escondendo-se na escuridão, seu deslocamento produzindo uma série de estalos molhados contra os troncos de ciprestes e cedros. Ouviu mais passos, então um xingamento que não fez sentido para sua mente alterada, mas serviu para indicar a localização de quem o proferiu.

A criatura o viu muito antes que ele pudesse vê-la. Sua forma lhe pareceu vaga e indistinta, mas iluminada por um clarão intenso, como se o fitasse em uma praia coberta de sol com os olhos semicerrados.

Parado junto à margem do lago, Travis Gann se virou ao ouvir aquele estalo estranho, úmido.

Na escuridão, debaixo das árvores, vislumbrou um par de olhos pálidos, não humanos, que o encaravam de um rosto achatado cintilante, com uma boca enorme, sem lábios. Era um vulto alto e corpulento, do qual pendiam, molhados, os retalhos de um vestido de mulher. Pés membranosos largos batiam no chão à medida que se aproximavam.

Ele se recostou em uma árvore e forçou o corpo contra ela, como se pudesse derrubá-la. A árvore não caiu, e Travis Gann a contornou para a direita. Pisou em falso no solo escorregadio e deslizou, caindo na água entre os nenúfares à margem do lago. Uma mariposa grande voou contra o rosto dele, as asas brancas batendo e soltando pó diante de seus olhos. A lama do lago era macia e, quando Travis tentou se levantar, seus pés afundaram. Tentou fugir, agarrando os nenúfares, mas descobriu que estava preso nos caules retorcidos das plantas. Olhou para cima, e a criatura que aparecera pouco antes entre as árvores agora se agigantava diante dele sob o luar. Só conseguiu vê-la por um instante de puro terror, pois ela desceu pela margem do lago, entrando na água ao seu lado.

Movendo-se debaixo d'água, a visão de Frances clareou. Tudo estava tão límpido quanto antes. Os nenúfares eram uma floresta ondulante de caules marrons finos e, entre eles, ela viu o homem se debater, com um pé preso na lama. Lançou-se na direção dele, estendeu um braço para apanhá-lo e, com a mesma facilidade de movimento, tomou impulso em direção ao centro do lago.

A cabeça de Travis se manteve acima da superfície enquanto ele era puxado repentinamente para trás, libertado dos nenúfares e arrastado para as águas negras do lago Pinchona. Debatendo-se de medo, ele se lembrou dos jacarés. Então, por um instante, sorriu. Por que deveria temer os jacarés quando *aquela* coisa o havia pegado? O sorriso desapareceu e Travis Gann olhou para o céu. As estrelas brilhavam acima dele, que ouvia a água passar rapidamente pelos ouvidos e sufocá-lo ao entrar pela boca aberta.

A criatura nadou até o meio do lago e envolveu Travis Gann com seu outro braço. Apertando-o contra si, ela mergulhou até o leito lamacento. Conteve-o em seu abraço como um pai pegaria no colo um menino já crescido. Fitou seu rosto como um pai fitaria.

Estavam tão fundo que Travis não conseguia ver

nada além do brilho fosco dos olhos que o encaravam. Ele resistiu e se contorceu, mas a criatura o segurou firme. O pouco ar que restava em seus pulmões foi exalado em um grito abafado. Ele libertou um braço, cerrou um punho e desferiu um golpe contra o rosto largo e achatado à sua frente. Seu punho não atingiu nada. Travis ficou confuso, e o último pensamento que atravessara sua mente foi a solução daquele mistério. *A criatura abriu a boca e meu punho entrou lá dentro*. Então a boca se fechou com força, arrancando o braço inteiro de sua articulação. Depois disso, Travis Gann perdeu a consciência.

Frances comeu os dois braços de Travis. Em algum momento enquanto era devorado, ele morreu. Quando sua fome foi saciada, Frances carregou o cadáver até o ninho de jacarés perto de onde as vacas pastavam. Atraídos pelo cheiro de sangue na água, eles estavam ali para recebê-lo.

Frances se levantou na água, erguendo o cadáver sem braços. O sangue escorria das articulações vazias. Ela abriu a boca suja de sangue e emitiu uma série de notas breves e estridentes. A água ao redor foi agitada pela cauda inquieta dos jacarés – e pela sua própria. Em algum canto escuro da mente da criatura, Frances se espantou ao ouvir o silvo agudo e melodioso que se lembrava de ter ouvido em seus sonhos.

Frances Caskey cantou e Travis Gann foi atirado no ninho de jacarés às margens do lago Pinchona.

CAPÍTULO 11
Mãe e filha

Quando chegou ao banheiro, Billy encontrou Lucille como Frances a havia deixado minutos antes. Pegou-a no colo e atravessou às pressas o caminho entre os cedros, parando uma vez atrás de uma árvore para dar passagem a um grupo de soldados. Foi até o estacionamento, colocou-a no banco traseiro do carro e jogou sobre ela uma coberta que havia na mala.

Voltando ao salão de dança com o máximo de frieza que conseguiu reunir, assegurou ao dono e a sua esposa de que estava tudo bem. Lucille havia tido apenas um mal-estar e ele a levaria para casa. Billy parou diante da porta do salão, fazendo o passadiço ranger com seu peso enquanto ia de um lado para outro em um estado de confusão e nervosismo. A luz amarela que vinha do interior vazava para fora em quadrados discretos por todo o edifício, sem dissipar a escuridão. Agora, nuvens ocultavam a lua.

Era fácil para Billy imaginar que Frances tivesse fugido em pânico ao encontrar a prima naquela condição pavorosa no banheiro. Ele voltou ao carro, esperando encontrar a noiva ali. Não encontrou. Lucille gemeu baixinho. Billy entrou no veículo, sem saber ao certo o que fazer. Lucille poderia precisar de cuidados médicos, mas ele não queria ir embora sem Frances. Saiu do carro, alertando Lucille da necessidade de ficar em silêncio.

Billy voltou ao banheiro e chamou Frances em voz baixa. Como não obteve resposta, decidiu estender sua busca. Sem se aproximar do salão de dança, adentrou o bosque de cedros e ciprestes à margem do lago. A música do salão de dança era abafada pelo som das cigarras ancoradas aos troncos das árvores. Ele foi até a beira da água. A lua surgiu de trás de uma nuvem, sua luz incidindo sobre o lago.

– Frances? – chamou ele.

Uma cabeça emergiu da água a cerca de 15 metros da margem. Não era Frances; não era sequer algo humano. A criatura desapareceu tão depressa que Billy tentou se convencer de que a havia imaginado.

É só um jacaré, disse a si mesmo, mas então notou que um rastro ondulante se formava na superfície das águas negras e calmas do lago. Vinha em sua direção. Ele recuou para a escuridão e a segurança das árvores.

Aquela coisa me viu.

Frances se ergueu entre as ninfeias e chamou pelo nome de Billy, a voz fraca.

Ele correu, puxando a noiva para terra firme. Ela estava descalça, os pés cobertos de lama. O vestido e as roupas íntimas pendiam do corpo, em farrapos. Billy tirou o paletó e o jogou sobre os ombros de Frances.

– Psiu! – fez Billy, quando ela pareceu prestes a falar. – Vamos voltar para o carro.

No caminho para casa, Frances ficou calada. Não explicou como tinha ido parar no lago nem por que seu vestido estava todo rasgado. Billy não insistiu. Parou em frente à casa de Elinor, avisou Frances e Lucille para ficarem no carro, saltou do veículo e entrou correndo. Trouxe Elinor e Zaddie de volta com cobertores, e as duas jovens logo foram instaladas nos quartos de cima. Em seguida, telefonaram para Queenie, que chegou em poucos minutos.

Lucille contou que havia sido estuprada por

Travis Gann. Ele estava à sua espera do lado de fora do banheiro. Agarrou-a pelos ombros, empurrou-a de volta para dentro, derrubou-a no chão, puxou seu vestido para cima e rasgou sua calcinha.

Queenie não imaginava que a filha ainda fosse virgem. Sendo assim, aquela violência tinha sido muito pior para sua pobre Lucille.

Frances aceitou apenas a presença da mãe. Elinor levou a filha para o banheiro e se ajoelhou ao lado da banheira para lavá-la com ternura. Com uma voz grave e distante, Frances contou à mãe tudo de que se lembrava da experiência no lago.

– Eu o matei, mãe.

– Ele era um homem terrível – disse Elinor, tranquilizando-a. – Estuprou Lucille. Criou problemas para Malcolm.

– Mas eu o *matei*.

– Ninguém sabe disso, querida, só eu e você. E, mesmo se soubessem, acha que fariam outra coisa senão lhe dar uma medalha? – Elinor riu baixinho. – O que acha que Queenie diria? "Frances, quero dar um beijo em você por ter matado aquele patife do Travis Gann, agora nunca mais vamos precisar ver aquela cara feia de novo." Levante-se, querida.

Frances se levantou, obediente, como quando criança, com os pés um pouco afastados. A mãe dela começou a esfregar sua barriga com um pano ensaboado.

– Sabe de uma coisa, mãe? – disse Frances, quando Elinor começou a lavar sua perna direita.

– O quê?

– Na verdade, o problema não é o fato de eu ter matado Travis Gann...

– Então qual é o problema?

– É *como* eu fiz isso.

– Como assim?

– Eu o arrastei até o fundo do lago e arranquei os braços dele com os dentes. Enfiei aqueles dois braços *dentro da boca* e os arranquei. Comi os braços dele.

– Me dê seu pé, meu amor – pediu Elinor.

Frances levantou a perna e a pousou sobre a beirada da banheira para que a mãe a lavasse.

Quando ela acabou, Frances se virou maquinalmente para a mãe começar a lavar sua perna esquerda.

– Qual é o problema, querida? – perguntou Elinor depois de algum tempo. – O que está pensando?

– Estou tentando lembrar o que aconteceu.

Não pode ter sido desse jeito. Parece que foi um sonho.

– Foi um pesadelo – retrucou a mãe. – Agora vire-se de frente para mim.

Frances obedeceu. Sua mãe se levantou, encarando a garota com o olhar firme. Elinor segurou o braço da filha com a mão direita, enquanto com a outra começava a lavar entre as pernas de Frances.

– Sabe o que aconteceu naquele lago?

Frances balançou a cabeça.

– Você encontrou Lucille – explicou Elinor devagar, prosseguindo em um tom ponderado. – Então você saiu correndo para buscar Billy e pedir que ele a ajudasse a tirar sua prima dali. Mas Travis estava à sua espera. Ele atacou você, rasgou suas roupas e, quando você tentou fugir, caiu na água. Não conseguia enxergar, estava muito escuro. Travis foi atrás de você, mas ele não sabia nadar tão bem e acabou atacado pelos jacarés.

Os olhos de Frances, que tinham ficado vidrados, recuperaram o foco.

– Sim, senhora – murmurou ela.

Elinor suspirou, largou o pano e abraçou a filha nua.

– Sinto muito, querida. Sinto muito que tenha acontecido *desse* jeito.

Frances estava tensa em seus braços. Quando Elinor a largou, a filha concluiu:

– Então... aconteceu *mesmo* do jeito que eu lembro...

Elinor assentiu.

– Saia da banheira, querida, deixe que eu seque você.

Frances obedeceu.

– Foi horrível, mãe.

Elinor, que tinha apanhado uma toalha limpa, olhou surpresa para Frances.

– Não, não foi – falou ela. – Você diz isso agora. Mas se feriu? Sentiu medo? Correu perigo?

– Não lembro...

– Você não correu perigo, querida, nem por um minuto. – Ela envolveu os ombros de Frances em uma toalha e começou a secá-la. – Aquele homem nunca conseguiria lhe fazer mal, não enquanto você estava...

– Estava como?

– Da maneira que estava quando entrou na água.

– Não aconteceu na água, mãe. Foi no banheiro, logo depois que eu encontrei Lucille.

Elinor assentiu. Ela voltou a se ajoelhar e continuou a secar Frances.

– Foi porque você ficou com raiva. Ficou furiosa com o que aconteceu com Lucille. E não culpo você. Nem um pouco.

– Mãe, vai acontecer de novo?

Elinor não respondeu à pergunta. Em vez disso, ela se levantou, jogou a toalha em um canto do banheiro e pegou um roupão de um gancho na porta.

– Vista isto. Vamos ao outro quarto para eu escovar seu cabelo.

– Mãe – chamou Frances com calma, enquanto se permitia ser conduzida para o outro quarto –, a senhora precisa me contar. Não pode continuar me enrolando desse jeito quando pergunto as coisas. Não depois do que aconteceu hoje. *Eu matei uma pessoa* – sussurrou ela.

Oscar e Billy estavam sentados à varanda com tela, para a qual dava a janela do quarto de Frances. Quando viu a luz se acender, Oscar foi à janela e olhou para dentro.

– Elinor, ela está bem?

– Está ótima – respondeu Elinor, conduzindo a filha até a penteadeira.

Frances se sentou, rígida, no banco de vime diante do espelho tríptico.

– O que diabo aconteceu naquele lugar?

– O que aconteceu foi Travis Gann – respondeu Elinor.

– Vamos ter que chamar a polícia?

– Não! – exclamou Elinor com rispidez. – Oscar, pode me deixar a sós com Frances? Daqui a pouco vou sair, contar a todos o que aconteceu e explicar o que vamos fazer. Não confia em mim?

Oscar deu de ombros.

– Billy e eu estamos sentados aqui como dois paspalhos, sem saber *o que* fazer.

– Ótimo – falou Elinor. – Continuem assim.

Apesar do calor da noite, Elinor baixou a janela na cara do marido e fechou as cortinas. Então, voltou-se para a filha. Frances estava sentada com as mãos sobre o colo, fitando com um olhar vazio seu reflexo triplo. Elinor pegou uma escova e começou a deslizá-la pelos cabelos úmidos da filha.

– Frances – disse Elinor com brandura, sorrindo para o reflexo da filha enquanto a escovava –, o que você precisa fazer agora é se acalmar. Daqui a pouco teremos que ir à varanda falar com Oscar, Billy e Queenie. Você vai ter que contar a eles o que aconteceu no lago. Eles vão esperar que esteja um pouco abalada, mas não vão querer ouvir uma história absurda.

– Mãe, eu não contaria uma história dessas para

ninguém! – bufou Frances, sem olhar para si mesma ou para Elinor, mas para o pequeno abajur franjado. – Não sou louca.

– Assim espero. Quem acreditaria em você? Ninguém. Nem *eu* acreditaria. – Elinor deu uma risadinha.

– Isso não tem graça, mãe.

– Frances, querida, você age como se nunca tivesse acontecido. É isso que não entendo.

Frances ergueu os olhos para o reflexo da mãe, perplexa.

Após alguns instantes, Elinor sussurrou:

– Já entendi. Você não se lembra...

– Não me lembro de quê?

– Das outras vezes.

– *Quais* outras vezes, mãe?

– As outras vezes em que entrou na água.

– A senhora quer dizer que eu *mudei* daquele jeito...?

Elinor assentiu.

– Claro que sim. Quando você ia ao golfo com Miriam e nadava por horas e horas. Acha que uma menina de 16 anos conseguiria nadar tão longe? Uma menina de 16 anos que tinha passado três anos da vida naquela cama ali, sem conseguir nem mexer as pernas? Você se lembra de quando era pequena e costumávamos nadar no Perdido juntas, sem deixar mais ninguém ir conosco? Lembra?

– Acho que sim – admitiu Frances. – Mas não tinha nada especial. Só me lembro...

– De quê?

– De nada, mãe. A questão é essa. Não me lembro de nada. Só que era tudo diferente.

Elinor assentiu com um ar sábio.

– Então é isso – disse Frances com melancolia. – Quando estou na água, não consigo me lembrar das coisas. É isso que acontece comigo?

– Exatamente.

– Mas hoje à noite eu lembrei.

Elinor deu de ombros.

– Outras coisas aconteceram, e você estava com raiva. Além disso, está ficando mais velha.

– Então isso tudo vai acontecer de novo?

Elinor continuou a escovar os cabelos da filha. Não respondeu. Passados alguns instantes, Frances falou com delicadeza:

– Mãe?

– Sim?

– Mãe, nem todo mundo é assim...

– Não, querida, só nós duas.

– Nem Miriam?

– Não. Lembra que eu falei que *você* era minha garotinha de verdade? Era a isso que eu estava me referindo.

Frances ficou parada e encarou seu rosto no espelho. Levantou o braço e o virou sob a luz, inspecionando-o.

– Você não vai ver nada, querida – comentou Elinor.

– E Billy?

– O que tem ele? – perguntou Elinor.

Ela pousou a escova e abriu uma caixinha dourada com grampos de cabelo. Puxou para trás um punhado dos cabelos ondulados de Frances e apanhou um grampo. Frances segurou o cabelo até que a mãe o prendesse.

– Ainda posso me casar com ele?

– Claro que sim! Eu me casei com seu pai, não me casei?

Frances deu de ombros.

– O que vou dizer para ele?

– Nada! – exclamou Elinor. – O que acha que poderia dizer?

– Não sei! – respondeu Frances, desamparada. Ela girou no banco de vime e encarou a mãe. – Mãe, eu não entendo *nada* disso. A senhora precisa me ajudar! Precisa me dizer o que fazer!

Elinor segurou os ombros de Frances.

– Você está fazendo tudo certo. Se tiver qualquer problema, venha falar comigo. Isso é tudo. Agora deixe eu terminar de pentear seu cabelo. Eles estão à nossa espera.

– Por que me pentear?

– Porque, quando for para aquela varanda e vir Billy outra vez, não quero que ele se lembre nem por um instante de como você estava naquele lago. Quero que veja apenas minha linda garotinha.

– Papai sabe?

– Sabe o quê?

– Sobre mim.

– Não.

– E sobre a senhora?

Elinor se deteve.

– Oscar sabe mais do que está disposto a dizer. Seu pai é um bom homem, querida, e é muito inteligente. Ele sabe quando ficar calado. Billy é muito parecido com ele, não acha?

Frances não respondeu. Outra pergunta já ocupava sua mente.

– E se tivermos filhos?

– O que tem eles? – perguntou Elinor, olhando para vários pontos do reflexo de Frances, verificando os cabelos da filha.

— Eles vão ser como nós?
Elinor sorriu.
— Você já fez perguntas demais para uma noite. Vamos à varanda resolver logo esse assunto.

CAPÍTULO 12
Lucille e Grace

Lucille ficou de cama durante uma semana após o estupro, sendo cuidada por todas as mulheres da família Caskey. A versão que circulou pela cidade foi que, enquanto estava no lago Pinchona, Lucille tropeçou na raiz de um cedro no escuro e se cortou em um prego que despontava de um poste de madeira.

O dono dos estabelecimentos no lago Pinchona e sua esposa tinham suas suspeitas, é claro, mas não era do interesse deles espalhar notícias sobre um estupro. Se descobrissem que uma jovem da cidade havia sido atacada por um homem da Força Aérea – e *só poderia* ter sido um soldado, pois no último ano eles eram a maioria entre os frequentadores do lago –, eles pagariam muito caro. O comandante da Eglin poderia proibir visitas ao lago Pinchona. Se fosse assim, o que seria dos lucros do casal?

Outra garçonete foi contratada, uma garota de Bay Minette que não era tão bonita quanto Lucille e que não sabia dançar. Depois de se recuperar da "queda", Lucille não teve mais interesse em voltar a trabalhar ali.

Nenhum sinal de Travis surgiu no lago ou em suas margens. Perdido supôs que, seguindo os trâmites habituais da justiça, ele tivesse sido libertado da prisão em Atmore e simplesmente desaparecido. Perdido ficou feliz que ele decidira viver em algum lugar bem longe da cidade.

Alguns meses depois, Queenie descobriu que sua velha má sorte havia voltado com força total. Lucille estava grávida. Por sugestão de Elinor, ela fora examinada não pelo vizinho, o Dr. Benquith, mas por um médico em Pensacola. Os Caskeys não queriam que Leo, que era amigo da família, soubesse do ocorrido no lago Pinchona.

– Sei muito bem identificar uma gravidez – falou Queenie. – Mais alguns meses e vai começar a aparecer.

Certa noite, na casa de James, as mulheres dos Caskeys se reuniram, com exceção de Frances e Miriam. Lucille foi levada até a casa, mas relegada ao quarto de Grace, onde ficou com a porta fechada. A questão era: "O que faremos agora?"

Grace olhou em volta com prazer. Aquela era sua primeira grande conferência familiar; estava orgulhosa por ter sido admitida no grupo. Talvez até fizesse um discurso de estreia, e queria que fosse memorável para a família.

– Deixe eu levar Lucille embora – sugeriu Grace.

– Para onde? – perguntou Sister.

– Não importa. Miami, talvez, ou Tennessee. Não faz diferença. Diga às pessoas que ela foi visitar parentes ou que foi me fazer companhia em um tour pelos parques nacionais, algo assim.

– Vocês não poderão viajar muito – ressaltou Elinor. – Lembre-se de que há uma guerra em curso.

– Então ficaremos em um só lugar – disse Grace. – Um lugar onde ninguém nos conheça.

– Por nove meses? – questionou Queenie. – Você vai ficar com Lucille por nove meses?

– Não vão ser nove, no máximo sete.

– O que vão fazer com o bebê quando nascer? – indagou Sister.

Grace deu de ombros.

– Não sei. Lucille não vai poder ficar com ele, imagino. Então não há motivo para ir embora e manter segredo. Talvez seja melhor deixá-lo para adoção.

– Quem me dera pudéssemos ficar com ele...
– comentou Queenie com um suspiro. – Talvez pudéssemos entregá-lo a James.

– James não tem mais idade para cuidar de um bebê – falou Elinor, sem crueldade. – E, mesmo que ficássemos com ele, todos saberiam de onde veio. Temos que entregá-lo para adoção.

Grace logo percebeu que haviam reconhecido a sabedoria de sua proposta e que ela levaria Lucille para longe dali enquanto estivesse grávida. Então, falou:

– Quanto ao bebê, podemos decidir mais tarde. Primeiro, precisamos resolver como Lucille e eu vamos sair da cidade sem levantar suspeitas. Primeiro, ela vai ter que largar aquele emprego na loja...

Naquela noite, tudo foi combinado. Lucille foi informada e não fez objeções. Tornara-se uma mulher diferente depois do estupro; não abatida, mas distraída. Já não mentia, pois nada na vida valia a pena o suficiente para justificar uma mentira. Já não resmungava para conseguir o que queria.

Ela perguntou a Grace:

– Você vai tomar conta de mim?

– Vou – respondeu Grace. – Para onde prefere ir: Nashville ou Miami?

Lucille deu de ombros.

– Então vai ser Nashville – falou Grace. – Podemos dizer a todos que vamos visitar seus parentes, Queenie.

– Todos já morreram – disse Queenie.

– Melhor ainda. Assim ninguém vai nos incomodar.

∽

Perdido soube apenas que Grace e Lucille, que nunca tinham sido próximas, iriam para Nashville sem data para voltar. Havia algo de misterioso nisso, ainda que fosse apenas por parecer improvável que Grace fosse deixar o pai sozinho em Perdido. Afinal, James ainda sofria pela ausência de Danjo. A cidade, no entanto, não descobriu mais nada, apenas que perguntas não eram bem-vindas.

James exigiu uma única alteração no plano. Ele não permitiria que a filha fosse tão longe. Queria que Grace e Lucille se escondessem um pouco mais perto de casa. Oscar refletiu sobre o assunto e opinou:

– Sabem de uma coisa? Logo depois que mamãe morreu, nós compramos todas aquelas terras no condado de Escambia. Lembram? Elinor me fez comprar uma pequena propriedade cuja hipoteca tinha sido executada. Deve ficar a uns 10 ou 15 quilômetros ao sul de Babylon, seguindo uma pequena estrada que não dá em lugar nenhum. É o canto mais isolado que vocês já viram na vida. Elinor, nós fomos até lá de carro um dia, lembra?

Elinor se lembrava muito bem.

– O lugar se chama Gavin Pond – informou ela. – Tem uma velha casa de fazenda à beira de uma lagoa de pesca. Há muitos poços artesanais por ali. Tem um pasto e um bosque de nogueiras, além de 500 ou 600 acres de madeira de qualidade aceitável. O rio Perdido marca o limite da propriedade a oeste.

– Vocês nunca mencionaram esse lugar – disse James.

– Depois que mamãe morreu e nos deixou o dinheiro dela, Elinor e eu saímos comprando propriedades a torto e a direito – respondeu Oscar. – Bem, parece que isso vai vir a calhar agora. Gavin Pond... eu tinha até esquecido o nome daquele lugar.

– Fica a quanto tempo daqui? – perguntou Grace.

– Meia hora, talvez – respondeu Elinor. – Basta

pegar a estrada até Babylon e depois seguir para o sul.

– Papai, o senhor e Queenie vão poder nos visitar sempre que quiserem – comentou Grace. – Elinor, em que condições estava a velha casa de fazenda na última vez em que foi lá?

– Não estava tão ruim – respondeu Elinor. – Mas agora deve precisar de algumas reformas. Vou até lá amanhã e levarei Bray comigo para ver o que precisa ser feito.

Elinor e Bray começaram o trabalho no dia seguinte. Ao longo da semana, Bray matou uma família de esquilos nos quartos do segundo andar e consertou um buraco no teto. Colocou novas escadas nos fundos e escorou a estreita varanda da frente. Enquanto isso, todas as manhãs bem cedo, antes de todo o resto da cidade acordar, Elinor e Sister amarravam móveis à caçamba de uma pequena caminhonete da madeireira, que Bray dirigia até o lugar.

Ficara decidido que a compra de novos móveis, quer fosse em Perdido ou em Babylon, despertaria curiosidade demais entre os habitantes. Queenie ia à loja dos Crawfords, enchia o carro de compras e estocava a cozinha. Os Caskeys visitavam a casa sozinhos ou em dupla, e ninguém em Perdido ficou sabendo de nada ou desconfiou dos planos da família. Lucille largou o emprego na loja e não se lamentou por isso. Já não tinha interesse algum em flertar com os recrutas que iam até lá comprar um saco de amendoins ou uma barra de chocolate.

Em meados de agosto, quando a casa por fim foi considerada pronta, Queenie levou a filha até um salão de beleza em Pensacola. O cabelo de Lucille foi cortado curto e tingido de preto. As duas voltaram a Perdido somente após o anoitecer. Em seguida, Lucille e Grace partiram de casa com meia dúzia de malas no banco de trás. Os Caskeys não saíram quando o automóvel se afastou da casa de James, e Lucille se abaixou no banco enquanto elas passavam pelo centro de Perdido, atravessavam a ponte e seguiam pela Baixada dos Batistas até a estrada que levava para o leste, em direção à Flórida. Lucille chorava.

⌒

Em 1943, Babylon era uma cidade pequena, menor do que Perdido, sem nenhuma madeireira ou grande negócio que a tornasse lucrativa. Nada a distinguia além dos três rapazes que, nos últimos três anos, tinham saído dali para jogar basquete profissional.

A propriedade dos Caskeys ficava 8 quilômetros ao sul da cidade, ao deixar a estrada de cascalho. Uma trilha com dois sulcos cobertos de brita saía da estrada e atravessava uma floresta de madeira de lei; pouco menos de 1 quilômetro adiante, as mulheres chegaram à clareira onde ficava a casa de fazenda. Atrás dela havia o pasto, onde apenas cervos tinham pastado nos últimos vinte anos, bem como o bosque de nogueiras atravessado por um córrego.

As fileiras bem ordenadas tinham sido abaladas por carvalhos que cresciam, de forma anárquica, entre as nogueiras. A lagoa de pesca ficava ao lado da casa, cheia de peixes que por gerações se alimentavam e se multiplicavam livremente. A lagoa era cercada por ciprestes escuros, cobertos de musgo. É claro que nada disso ficou evidente para Grace e Lucille, que haviam chegado na calada da noite. Elas viram apenas a trilha, os troncos das árvores e as ripas de madeira mais baixas da casa sob a luz oscilante dos faróis.

A casa modesta tinha dois quartos no andar de cima e dois no de baixo, com uma despensa e um banheiro no primeiro piso. Elinor tecera cortinas para as janelas. O chão, que Zaddie e Luvadia haviam limpado, era de madeira de lei. Nenhuma parte dessa operação foi ocultada dos Sapps. Eles teriam descoberto de qualquer maneira, e os Caskeys os consideravam parte da família, confiando neles tanto quanto confiavam uns nos outros. Mas, apesar de todo esse esforço em fazer com que o lugar parecesse confortável e familiar, Lucille achava nunca ter visto um lugar tão remoto e solitário na vida. Todas as janelas davam para uma escuridão total.

Ela se agarrou a Grace.

– Estou com medo.

– Vamos subir – falou a outra. – Vou mostrar nossos quartos.

Lucille se virou para Grace, aterrorizada.

– Não vou conseguir dormir sozinha. Não neste fim de mundo!

Os quartos do segundo andar eram quadrados, sem enfeites, com uma cama, uma cômoda, uma penteadeira e um tapete preso a um gancho. Durante o dia, seriam agradáveis, com o sol entrando pelas janelas altas, mas à noite eram abafados devido ao calor do dia. Uma lâmpada solitária pendia do teto e mal iluminava o espaço, lançando sombras intensas e destacando as moscas mortas que enchiam o peitoril da janela e o ninho de vespas no canto do teto do quarto de Grace.

– Odeio este lugar – murmurou Lucille.

– Amanhã vou levar você para pescar – disse Grace. – Vamos nos divertir à beça.

Lucille balançou a cabeça, desconfiada. Quer naquela noite ou nas noites seguintes, se recusou a permitir que Grace dormisse no próprio quarto. Insistiu que compartilhassem a cama. Lucille tinha medo do escuro e do silêncio lá fora. A única coisa que o quebrava de tempos em tempos era o som de um peixe saltando na lagoa ou o estalar de um ramo partido pelos animais que vagavam pela floresta.

Quando ela olhava para fora, via apenas a lua fria que pairava sobre Babylon refletida na água do Gavin Pond. Do outro lado da lagoa, ficava um cemitério minúsculo com uma dúzia de lápides sob as quais estavam enterrados os membros da família que haviam construído a casa de fazenda, os mesmos que em outros tempos dormiam no quarto onde ela repousava agora. Não, Lucille não dormia sozinha. Passava a noite encolhida nos braços de Grace, apesar do calor que fazia no quarto apertado. Nunca sabia ao certo qual era o foco de seu medo – se eram o silêncio e a escuridão; a lagoa e o cemitério sob o luar; ou se era o que crescia dentro de sua barriga.

Tudo melhorava durante o dia. Ao longo da noite, a casa ficava um pouco mais fresca. A disposição das árvores afastava o sol do telhado até o fim da tarde, mas depois a temperatura subia rapidamente. Lucille ouvia rádio e discos, ficava sentada no barco e espantava mosquitos enquanto Grace pescava, passeava pelo bosque de nogueiras com um cajado grande pronto para matar cobras e, às vezes, costurava um pouco.

– Sempre me pego querendo fazer algo para o bebê – confessou ela a Grace –, mas depois lembro que não vou ficar com ele. Aposto que *é* um menino, não uma menina.

Elas não ficaram tão sozinhas quanto Lucille tinha previsto na noite da chegada. Os Caskeys vinham visitá-las, às vezes James e Queenie, em outras ocasiões Elinor e Zaddie ou apenas Sister. As visitas se sentavam em cadeiras diante da lagoa, e todos comentavam como era agradável ali e como era incrível que nunca tivessem pensado em dar um jeito naquele lugar. Era *muito* melhor do que a praia.

Oscar apareceu de carro duas vezes no meio do dia, reclamando que simplesmente teve que sair da madeireira ou o trabalho o deixaria louco. Apenas Frances e Miriam nunca as visitaram. Um dia, quando estavam pescando na lagoa, Lucille perguntou a Grace por que ela achava que as primas não apareciam. Grace não respondeu de imediato. Passados alguns instantes, revelou:

– Elas acham que estamos em Nashville.

– Quer dizer que todos estão mantendo isso em segredo? Até mesmo delas?

– Elas são jovens demais. Podem deixar escapar alguma coisa sem querer – explicou Grace.

Por algum motivo, isso deixou Lucille deprimida. Era como se o fato de Frances e Miriam não saberem de seu suplício revelasse a verdadeira extensão da sua vergonha. Por fim, ela exclamou:

– Não é culpa minha! Não pedi que aquele homem me atacasse naquele banheiro!

Grace puxou um peixe para dentro do barco. Estava prestes a desistir de pescar; em um lago como aquele, não era nem de longe um esporte. Além do mais, algo na água dava aos peixes um gosto rançoso, por mais que fossem cozidos. Era como se comessem apenas os peixes afundados até o leito.

– É claro que não é culpa sua, Lucille. Quem disse que era?

– Então por que estou sendo punida?

– Você chama estas férias de punição?

– Sim. Não posso nem ir até Babylon com você.

– Quantas vezes vou para lá? Uma vez por semana, no máximo. Queenie nos traz comida. Eu nem gosto de ir à cidade.

– Eu me sinto como se estivesse presa. Ninguém me perguntou o que *eu* queria fazer a respeito disso.

Grace ergueu os olhos, surpresa.

– Você quer ficar com a criança? Sabendo que o pai é aquele inútil do Travis? Espero que Frances tenha razão e que aqueles jacarés do lago Pinchona tenham *mesmo* devorado aquele traste.

Lucille afastou o olhar.

– Eu não sabia o que queria fazer. Estava confusa. Continuo confusa.

– Baixe o chapéu – pediu Grace. – Está pegando sol demais no rosto.

– Por que estamos aqui? – Lucille exigiu saber. – Por que ninguém pode saber?

– Por um motivo simples – retrucou Grace. – Não queremos que ninguém saiba o que aconteceu. E não porque *nós* temos vergonha, mas por conta do que aconteceria com você se todos descobrissem. O fato de Travis ter atacado você não é culpa sua, tem razão, mas se as pessoas souberem o que ele fez, e que você engravidou, todos vão olhar de forma diferente para você. E sem dúvida vão tratar o bebê de forma diferente. Duvido que um dia conseguisse se casar depois disso. Perdido é cruel nessas questões. Como qualquer outro lugar, imagino. Os homens não querem se casar com mulheres "estragadas". É assim que a considerariam, se descobrissem. Uma mulher estragada.

– Não me importo! – exclamou Lucille. – Não quero me casar. Nunca.

Grace riu.

– Lucille Strickland! Eu vi você flertar com qualquer homem que chegasse a um raio de 5 quilômetros daquele balcão de doces. Vi você experimentar a aliança de sua mãe várias vezes só para ver como ficava! Não me diga que não está interessada em se casar.

– Não estou mesmo. – Ela olhou em volta, para a lagoa, o cemitério, a casa e o céu, como se estivesse perplexa que tal decisão tivesse se formado em sua mente sem que ela tivesse qualquer controle sobre o assunto. – Não estou. Talvez este lugar não seja tão ruim. É só um pouco solitário aqui, só isso.

– Você parece o papai falando – disse Grace. – Vocês agem como se eu nem estivesse por aqui.

Vou pegar este peixe e esfregá-lo na sua cara, sua ingrata!

Enquanto ela fazia isso, Lucille ria, soltava gritinhos e exclamava:

– Não! Pare! Pare com isso, Grace!

CAPÍTULO 13
Tommy Lee Burgess

Lucille foi levada três vezes para se consultar com um médico em Pensacola, e em todas foi tranquilizada. A gravidez transcorria perfeitamente. O médico previu que a criança seria saudável e, a julgar pelo tamanho da barriga, grande. Elinor e Sister haviam esperado que a impaciência e a solidão fariam Lucille desistir de se esconder e voltar a Perdido, grávida e solteira, obrigando Queenie a lidar com o escândalo. Em seu íntimo, Queenie esperava isso também. No entanto, à medida que a família visitava Gavin Pond, ficava claro que Lucille estava se estabelecendo ali, que não era a mesma garota de antes e que sua vida mudara de maneira imprevista. Começava a ficar satisfeita com seu pequeno quinhão naquela casa de fazenda remota ao sul de Babylon.

Durante o outono, Lucille não se deixou abater

pela solidão. Não ansiava pela companhia dos rapazes da Força Aérea ou das amigas que fizera na loja e no lago Pinchona. Parecia satisfeita em ficar em casa o dia inteiro, bordando fronhas e camisolas enquanto Grace explorava a propriedade que havia passado a considerar sua também. A companhia uma da outra era suficiente. Queenie, Elinor e Sister às vezes tinham a impressão de serem intrusas na estimada solidão das duas primas.

Quem poderia imaginar que Lucille faria bordado, algo que exigia tanta concentração, serenidade e tempo? Em seguida, para o espanto de todos, ela passou a costurar vestidos. Um dia, perguntou à mãe se poderiam comprar uma máquina de costura. No dia seguinte, James e Bray transportaram uma Singer em uma das caminhonetes da madeireira. Os visitantes de Perdido sempre levavam grandes cortes de tecido e novos modelos de vestido, do tamanho dela ou de Grace. Assim, Lucille enchia os armários da casa com vestidos feitos por ela mesma.

Grace dizia que era uma pena não ter vivido toda a vida no campo. Quando seu aniversário chegou, em janeiro, James perguntou à filha o que ela queria de presente.

– Um trator.

O pai lhe comprou um, e Grace se dedicou a restaurar o bosque de nogueiras à sua antiga glória. Certa tarde, em fevereiro, Bray levou James e Queenie até Gavin Pond, e os dois se sentaram à sala de estar da casa de fazenda para conversar com as respectivas filhas. Grace tinha construído para a prima um lindo quadro de bordado ajustável. Nos meses mais avançados da gravidez, Lucille tinha dificuldades em permanecer sentada durante muito tempo. Em vez disso, recostava-se em um dos sofás da sala, com o quadro inclinado no ângulo exato sobre a barriga protuberante, para poder continuar trabalhando sem se esforçar.

Para o espanto de Queenie e James, Grace falou que, depois que o bebê nascesse, Lucille e ela estavam com planos de ir a Georgia comprar algumas cabeças de gado. Grace tinha certeza de que em um ano poderia fazer com que Gavin Pond se tornasse lucrativa.

– Grace – começou Queenie –, está dizendo que pretende *viver* aqui?!

– Adoramos este lugar – explicou Grace. – E depois de tanto trabalho...

– Tio James – interrompeu Lucille –, o senhor tem algum tapete velho que não queira mais? Algo que sirva para esta sala? Eu estava pensando...

– Azul – falou James. – Teria que ser azul.

– Esperem um instante – interveio Queenie. – James, nem pense em pôr tapetes aqui até deixarmos isso tudo bem claro.

– Isso tudo o quê, mãe? – perguntou Lucille.

– Você *gosta* daqui, querida?

– Mãe – disse Lucille, contente, enfiando a agulha no tecido em que estava trabalhando –, *nós* adoramos.

– Não sentem falta da cidade?

Lucille balançou a cabeça.

– Aqui podemos ouvir rádio, que é a única coisa que há para fazer em Perdido. Depois que o bebê nascer, Grace disse que vai me levar até DeFuniak Springs para irmos ao cinema sempre que quisermos. Se eu retornar para Perdido, terei que voltar a trabalhar na loja. Fiquei preguiçosa. Não quero mais trabalhar. James, da próxima vez que alguém vier aqui, pode pedir que tragam aquele tapete?

– Lucille está louca para ter um tapete, papai.

– Do que mais vocês precisam? – perguntou James. – Imagino que queiram deixar este lugar bonito, não?

A perplexidade pela mudança repentina de Lucille não durou mais de duas horas entre os Caskeys. Ninguém achou estranho que Grace e Lucille tivessem decidido morar juntas ou que as duas ficassem felizes uma na companhia da outra. O que achavam curioso era quererem morar em Gavin Pond. Nenhum Caskey jamais vivera no campo.

– Minha garotinha quer ser uma fazendeira – concluiu James. – Bom para ela.

– E minha garotinha quer ser a esposa de uma fazendeira – disse Queenie. – Quem teria imaginado?

– Suponho que, quando o bebê nascer e elas o entregarem para adoção, poderemos dizer a todos que Grace comprou uma fazenda no campo e que Lucille está lá para que não se sinta tão sozinha – falou Sister.

– E todos vão achar que *as duas* ficaram loucas – retrucou Elinor com um suspiro.

Ninguém na família tentou convencer Grace e Lucille a mudarem de ideia. Sempre que alguém as visitava, levava algo para a casa: uma luminária, uma mesa pequena, um baú para os livros.

– A primeira coisa que vamos fazer é reformar o quarto de hóspedes – contou Lucille quando a mãe foi visitá-la. – Assim, quando algum de vocês quiser vir passar a noite, não haverá problema.

Queenie ergueu a cabeça, surpresa, e disse:

– Mas esta casa só tem dois quartos, um para você e outro para Grace. Qual vai ser o quarto de hóspedes?

– Ora, mamãe, Grace e eu dormimos juntas! – revelou Lucille, rindo. – Acha mesmo que eu iria dormir sozinha aqui no campo? A senhora sabe como sou medrosa.

Os Caskeys também absorveram essa informação um tanto chocante. Todos lembravam que, quando criança, Lucille sofria de pesadelos recorrentes.

Talvez com todas aquelas pequenas surpresas pelo caminho, os Caskeys deveriam ter se preparado para a bomba que viria no final, mas não foi o caso.

Quando se aproximou a hora de Lucille dar à luz, Ivey Sapp foi para Gavin Pond. Ela dormia em uma cama portátil na cozinha. Para manter a gravidez em segredo, nenhum médico foi chamado. Sem complicações, na cama que compartilhava com Grace, Lucille deu à luz um bebê perfeito, que pesava tanto quanto um saco de 2,25 quilos de farinha, segundo a estimativa confiável de Ivey.

Queenie, James, Elinor e Sister chegaram uma hora depois e observaram a criança.

– Vamos chamá-lo de Thomas Lee – determinou Grace com orgulho, junto a Lucille na cabeceira da cama. – Olá, Tommy Lee!

– Não faz sentido dar um nome à criança – falou Queenie. – Seria melhor deixar que os novos pais lhe dessem um nome. Eles podem já ter um menino chamado Tommy.

– Novos pais?! – exclamou Lucille. – Quem disse que ele vai ter novos pais? – Ela colou o bebê ao peito, protetora.

Queenie, James, Elinor e Sister se entreolharam.

– Quer dizer... que pretende... *ficar* com este bebê? – indagou Elinor, devagar.

– É um menino *lindo*! – elogiou James. – *Eu* ficaria.

– James, você ficaria com qualquer criança que aparecesse na sua frente – retrucou Sister. – Não sei como nunca raptou nenhuma.

Elinor encarou as duas mulheres. Bufou.

– Deixe-me ver se entendi bem – falou ela. – Primeiro, vocês querem ficar aqui neste fim de mundo...

– Sim, senhora – confirmou Grace, sua voz firme.

Lucille assentiu timidamente.

– E querem ficar com o bebê.

– Ele é nosso! – exclamou Lucille.

– Querida, só queremos o que é melhor para você – atalhou Queenie.

Os quatro Caskeys mais velhos, como um tribunal de anciões, se entreolharam uma segunda vez, depois uma terceira, e então fitaram Grace, Lucille e Tommy Lee. Por fim, se entreolharam uma quarta vez. Como chefe da família, Elinor declarou:

– É claro que podem ficar com a criança, e é claro que podem continuar aqui. As duas têm mais de 21 anos e podem fazer o que bem entendem. Só queremos que sejam felizes. Agora, vocês têm *certeza* de que isso fará vocês felizes?

– Sim – responderam as duas em uníssono.

– Então nos digam: o que devemos falar em Perdido? – indagou Elinor.

– Como assim? – perguntou Grace.

– Muito me surpreende que tenhamos conseguido manter tudo isso em segredo durante tanto tempo, com tantas chamadas de longa distância e com Bray dirigindo caminhonetes cheias de móveis até aqui toda hora e comprando material de costura no centro de Perdido para Lucille – disse Elinor. – Não podemos continuar agindo assim para sempre, e nem queremos. Queremos que vocês duas e Tommy Lee possam vir nos visitar também. Então, o que devemos dizer quando as pessoas vierem falar conosco e perguntarem: "Que bebezinho mais lindo! Ele *caiu do céu* ou o quê?"

– Imagino que não vá querer contar que foi estuprada no lago Pinchona – falou Queenie.

– Não! – exclamou Grace. – Claro que não.

– Poderíamos dizer que ela se casou, por isso fugiu – sugeriu James. – E que o namorado foi morto na guerra. Daí ela descobriu que estava grávida e este é o filho dela.

– É uma boa história – concordou Lucille. – As pessoas acreditariam nisso.

E foi o que fizeram.

Com o tempo, Frances e Miriam foram incluídas no segredo da família, que lhes contou a verdade. Frances ficou surpresa, mas Miriam, sempre metida a sabe-tudo, disse:

– Eu já tinha descoberto. Não sou cega, surda e muito menos burra.

– Por que não contou que sabia, então? – questionou Sister, desconfiada.

– Não era da minha conta – retrucou Miriam. – Só espero que ninguém esteja pensando que eu vou até lá visitá-las.

– Por que não? – perguntou James.

– Porque minha ideia de diversão passa longe

de uma lagoa estagnada que serve de incubadora de mosquitos, uma casa cheia de insetos e um bebê chorando no quarto ao lado, é por isso.

– É muito agradável à beira do lago – retrucou James, em tom de leve repreensão –, e Tommy Lee é o bebê mais doce que já vi na vida. Vou fazer Bray me levar até lá de carro todos os dias.

– Não pode fazer isso, James – falou Queenie, categórica. – Elas vão precisar de um tempo sozinhas com o bebê. Nunca vi duas pessoas tão felizes juntas. Não vão querer que estejamos em cima delas dia e noite, noite e dia.

Quando soube da situação, Billy Bronze quis ajudar. Consultou às escondidas alguns arquivos da Eglin e descobriu o nome de um rapaz que estivera na base na época do estupro e que morrera em seguida no Pacífico Sul. O rapaz se chamava LeRoy Burgess e não tinha parentes conhecidos, logo se tornou o marido póstumo de Lucille e pai de Tommy Lee.

No dia 1º de julho de 1944, o filho de Lucille foi batizado como Tommy Lee Burgess na Primeira Igreja Metodista de Perdido, com a mãe do menino e Grace juntas diante da pia batismal. Houve uma pequena recepção na casa de Elinor após a cerimônia. Se Perdido não acreditou na história contada pelos Caskeys, ninguém cometeu a indelicadeza de dizê-lo. Grace falou para todos:

– Quando Tommy Lee estiver mais crescidinho, Lucille e eu vamos pô-lo no banco de trás do carro e ir até Oklahoma comprar novilhas Black Angus. É a raça que melhor se adapta a pastos com nogueiras...

CAPÍTULO 14
Lázaro

Embora os alemães não tivessem se rendido aos Aliados, a guerra parecia perder intensidade. Isso era sentido na base aérea próxima de Perdido e, consequentemente, a cidade sentia o mesmo. Adolescentes continuavam a ser treinados e enviados para a Europa e para o Pacífico, mas algo no ar dizia que as coisas tinham mudado; não havia dúvidas, a guerra se aproximava do fim. Os pedidos de madeira, postes e esquadrias de janelas, no entanto, continuavam a chegar aos montes. A prosperidade dos Caskeys não dava sinais de diminuir. Miriam trabalhava cada vez mais próxima do pai e os empregados tinham se habituado a ela. Já não era simplesmente a filha do Sr. Oscar – era a Srta. Miriam, respeitada por si só.

As operações da madeireira dos Caskeys se dividiam em duas partes. A externa incluía a fábrica com todas as máquinas, trabalhadores e armazéns, bem como as florestas, os veículos e todas as outras maneiras pelas quais a madeira era transportada. A parte interna consistia nos escritórios no centro da fábrica, os funcionários administrativos, os arquivos, a papelada, os contadores e advogados contratados e a relação com os clientes. O fato de o único cliente àquela altura continuar sendo o Departamento de Guerra dos Estados Unidos não simplificara a administração do negócio.

Em seus três anos ali, Miriam havia assumido o controle de todas as operações internas da madeireira. Mesmo Elinor, que de alguma forma conseguia acompanhar de perto os negócios sem nunca pôr os pés na empresa, sabia que Miriam conquistara isso não com manobras sutis contra o pai ou pisando na cabeça dos funcionários, mas por pura competência e dedicação.

Como Oscar estava quase sempre em algum lugar da floresta ou tratando de um assunto fora da cidade, os trabalhadores passaram a levar seus problemas a Miriam. As respostas, as ordens e os conselhos sensatos e razoáveis da jovem eram sempre endossados por Oscar quando ele voltava. Miriam logo se tornou mais do que uma simples representante do pai; ele passara a depender cada vez mais da filha para o trabalho administrativo de rotina. Montou um escritório para ela ao lado do seu, com uma secretária e linha telefônica próprias. Telefonemas externos passaram a ser transferidos automaticamente para Miriam. Ela era mais assertiva em suas negociações do que qualquer homem em Perdido. Trabalhava mais horas do que o pai, mas era a dedicação dela à empresa que permitia a Oscar ter alguma folga após tantos anos de serviço incansável.

Considerando as hostilidades iniciais que haviam afastado Miriam dos pais durante tantos anos, Oscar e ela eram mais íntimos do que qualquer um em Perdido jamais poderia ter imaginado.

A relação dos dois não era de pai e filha; mais lembrava a de um empresário orgulhoso da jovem sócia promissora. Depois do café da manhã, Oscar ia à casa vizinha para tomar uma segunda xícara de café com Miriam antes de Bray os levar de carro até a madeireira. Sister deixava o recinto, sabendo que eles só falariam de negócios. Bray os trazia de volta para casa ao meio-dia, e durante aquele breve período eles faziam parte da família mais ampla dos Caskeys, privando-se de conversar sobre trabalho, exceto em termos gerais.

Depois do almoço, Miriam ou voltava à madeireira enquanto o pai ficava mais um pouco em casa ou ia de carro até as florestas dos Caskeys ou seguia para algum compromisso de trabalho na Eglin, em Pensacola ou em Mobile. Depois do jantar, pai e filha às vezes saíam juntos, sentando-se à varanda lateral de Miriam ou passeando atrás das casas, quando conversavam sobre os detalhes inesgotáveis dos negócios.

Embora tivesse se acostumado a passar muito tempo com o pai, Miriam continuava alheia à mãe. Um grande abismo continuava a separá-las. Miriam era próxima apenas de Oscar. Quando era jovem, essa distância se manifestava na forma de silêncio, afastamento e indiferença. Agora, quando se via tantas vezes na companhia da família, tais métodos já não bastavam. Em vez disso, ela se mostrava ríspida, lacônica, presunçosa e, no geral, desinteressada pelo bem da família, exceto quando esse bem também dizia respeito às madeireiras dos Caskeys.

A família de Miriam aceitava essa rigidez, da mesma forma que aceitava qualquer outra característica incomum. Ninguém tentava mudá-la, ninguém achava que seria melhor para ela se melhorasse o temperamento. Certa vez, Elinor disse:

– Miriam é assim. Acha que todos deveríamos

ser gratos por ela se dignar a se sentar à mesma mesa que nós.

Pela cidade e entre os trabalhadores da madeireira, ao menos entre os que não conheciam Miriam, havia quem questionasse à boca miúda como uma jovem poderia ter recebido tanto poder e responsabilidade. Oscar, porém, jamais cogitou tolher a ambição da filha. Todos na família sentiam orgulho dela. O fato de Miriam querer trabalhar dez horas por dia sentada a uma mesa em uma velha fábrica, sem nada para ver pela janela além de pilhas de tábuas de madeira e sem nada a ouvir além de trituradoras e serras, não era mais estranho do que o desejo de Grace e Lucille de viverem em Gavin Pond com um bebê de 1 ano de idade e dois cães de caça fedorentos.

Miriam parecia dura e autoritária para os que trabalhavam na administração da madeireira, mas sua família não tinha dúvidas de que ela havia amolecido. Fora criada pela avó, que a havia mimado de todas as maneiras possíveis e imagináveis. Depois da morte de Mary-Love, Sister não fizera nada para impedir Miriam de perseguir o mesmo estilo de vida inconsequente e cômodo. Trabalhar na madeireira, ser obrigada a lidar com clientes e subordinados e manter um relacionamento com o pai – o que exigia ao menos uma intimidade superficial com ele – haviam aparado algumas arestas de Miriam. Tudo isso a forçava a pensar nos outros, a descobrir os motivos de determinada conduta, a discernir preconceitos e a tentar compreender nuances de comportamento. Sua rudeza era agora uma escolha, não um defeito de caráter.

Um indicativo desse novo temperamento de Miriam era a maneira como tratava Sister. Durante a guerra, Sister (agora com 50 e poucos anos) tornara-se o que todos sempre disseram que ela seria: uma solteirona. Já havia esquecido que um dia tivera um marido. Early Haskew estivera na Califórnia, em Michigan, na Grécia, na Inglaterra e na França. Enviara cartões-postais à esposa de cada um desses lugares. Após conferir o carimbo, Sister os despedaçava sem lê-los. Estremecia ao rasgar os cartões em dois, dizendo:

– Não quero nem *pensar* naquele homem.

– Por que não se divorcia? – perguntou Miriam ao café da manhã um dia, depois que Ivey trouxera um dos cartões. Tinha uma foto do Coliseu.

– Ninguém nesta família jamais se divorciou – respondeu Sister.

– Você poderia ser a primeira.

Sister fitou Miriam com um olhar estranho.

– *Por que* eu pediria divórcio? Early nunca me fez nada.

– Então por que nunca mais quer ver a cara dele?

– Você não deveria me perguntar uma coisa dessas.

– Por que não?

Sister se deteve.

– Porque eu não sei a resposta.

Miriam pegou os pedaços rasgados do cartão e os colocou um a um em seu prato. Então falou:

– Você se casou com Early para contrariar a vovó.

Sister assentiu.

– Depois que a vovó morreu, não havia mais motivo para continuar casada com ele.

– Early masca tabaco. Ele me fazia alimentar os cães dele com uma mamadeira. Duas vezes por noite, eu tinha que me levantar e alimentar aqueles cães. Era como ter seis filhos de uma só vez. Ele pôs uma máquina de refrigerante na varanda da frente da nossa casa. – Sister corou diante daquela lembrança. – Eu voltei para casa um dia e, quando me deparei com aquilo, falei: "Se mamãe visse isso, eu teria que me estirar no meio da estrada e morrer de vergonha."

– E foi por isso que, quando a vovó morreu, você

continuou aqui. Não foi para cuidar de mim, mas para fugir de Early.

— Há quanto tempo você sabe disso?

— Acabei de me dar conta — respondeu Miriam, dando de ombros.

— Eu amava você, querida, e *queria* cuidar de você.

— Eu sei disso, Sister.

— Não quer que eu volte para Early, quer? Sei que pode se virar muito bem sem mim, e sei que esta casa é sua por direito, mas não quero voltar para Nashville ou seja lá onde aquele homem esteja morando agora. Miriam, querida, às vezes fico sentada no meu quarto à noite, pensando: "O que vai ser de mim se Miriam se casar e trouxer o marido para morar aqui? Será que vai me mandar embora?" Você faria isso, me mandaria embora daqui?

— Sister, você é rica, sabia? Vovó deixou todo o dinheiro dela para você e Oscar. Tudo o que tenho é esta casa e os cofres nos bancos. Se eu a expulsasse daqui, você poderia ir para onde quisesse. Poderia montar uma casa na rua principal de Nova Orleans. Se quisesse ficar em Perdido, poderia comprar a casa dos DeBordenaves de James e reformá-la como bem entendesse.

– Isso não responde à minha pergunta.

Miriam sorriu.

– Eu não vou me casar. Não tenho tempo para isso. Trabalho cada minuto do dia e metade da noite. E, mesmo que me casasse, nunca expulsaria você daqui.

– Era *isso* que eu queria ouvir.

– Satisfeita agora? – indagou Miriam, levantando-se da mesa. – Onde Oscar se meteu? Está ficando tarde.

– Miriam, me dê um abraço.

– Por quê?

– Por ser tão gentil!

– Ora, Sister, acha mesmo que alguém já me disse algo assim?

– Bom, eu não. E, até onde *eu* saiba, ninguém nunca disse tampouco. Mas estávamos todos redondamente enganados.

Miriam se aproximou e abraçou o pescoço de Sister só por um instante. Depois a mulher apertou os punhos cerrados de Miriam com toda a firmeza.

∽

Por mais que James Caskey rezasse e por mais que Billy Bronze enchesse os ouvidos de seu comandante, nada impediu Danjo de ser transferido para longe da base aérea Eglin Field.

– Isso vai me matar – disse James para o sobrinho quando Danjo contou sobre as ordens.

– Não vai, não – falou Danjo. – Quando eu chegar lá, seja onde for, a guerra com certeza vai ter acabado.

– Quem vai morrer primeiro? – quis saber James, em tom de lamúria. – Eu ou você? Será que vai levar um tiro antes que eu morra de desgosto? Ou será que vou estar estirado no caixão antes de você ser trucidado no campo de batalha?

– Nada disso vai acontecer – respondeu Danjo com calma. – Foi por isso que treinei para ser operador de rádio. Não nos colocam na linha de frente. Ou pelo menos a maioria de nós fica bem longe da zona de combate. Além do mais, olhe para a Alemanha agora! Veja onde estão as linhas. Estamos empurrando o inimigo cada vez mais para trás, tio James.

O idoso se balançou com violência na varanda, recusando-se a olhar para Danjo, como se de alguma forma aquilo fosse culpa dele.

– Ei, tio James, olhe para mim.

James olhou, mas não parou de se balançar.

– Eu não quero ir – comentou Danjo com brandura. – Não quero abandonar o senhor. Acha que não vou sentir sua falta?

– Não se dê ao trabalho de escrever – falou James.

– Por que não?

– Porque eu vou estar morto.

∽

Dois dias depois de Danjo ir embora, a Alemanha se rendeu. James então teve certeza de que Danjo seria enviado para o conflito sangrento que continuava a ocorrer no Pacífico.

Após duas semanas, Billy soube que Danjo estava na Alemanha, em um castelo no topo de uma montanha a leste de Munique. A única função dele era sinalizar o caminho mais seguro para os aviões dos Aliados aterrissarem em um campo de pouso próximo.

Uma carta de confirmação chegou alguns dias depois. Danjo reclamava apenas do tédio e da proibição incontornável de confraternizar com os cidadãos do território conquistado. O castelo tinha a própria cozinheira, a própria fazenda e até o próprio vinhedo. O conde e suas duas filhas viviam nos quartos abaixo do dele. O homem era um senhor simpático que fazia Danjo se lembrar de James, com a exceção de que não falava inglês e não gostava de americanos, enquanto as duas filhas eram muito bonitas e gentis e arrumavam a cama de Danjo todas as manhãs.

Billy leu a carta em voz alta à mesa de jantar. Então bufou.

– Ele que reclame. Quando penso na morte dos homens que treinei...

– Danjo pode cair daquela montanha – conjecturou James. – Aquele velho conde pode matá-lo enquanto estiver dormindo!

– Não vai acontecer nada com o Danjo – respondeu Queenie, com firmeza. – James, não quero que imagine mais nada.

James tinha 75 anos. Durante toda a vida, estranhamente, ele envelhecia de forma repentina. Passava cinco, dez ou quinze anos sem nenhuma alteração perceptível na aparência nem no temperamento. Então, de repente, um evento isolado fazia todos aqueles anos caírem sobre a cabeça dele de uma vez.

Isso acontecera quando sua esposa, Genevieve, sofrera uma morte violenta na estrada para Atmore; o homem jovem e bem conservado fora lançado repentinamente para a meia-idade. A morte da cunhada Mary-Love transformara esse homem de meia-idade bem conservado em um velho. Por fim, a ida de Danjo para a Europa levara o idoso robusto à beira da senilidade.

Como James estava sozinho e Queenie também, ela renunciou à sua casa e foi morar com ele. Ela até riu da situação com Elinor:

– Quando vim para Perdido, vinte e tantos anos atrás, pensei com meus botões: "Vou me divorciar de Carl e me casar com James Caskey. Ele é rico e seu dinheiro vai me fazer feliz." Parecia muito simples. Agora, é difícil até pensar em tudo o que aconteceu ao longo desses anos. Mas cá estou eu indo morar com James e sou *eu* que vou cuidar *dele*. E sabe o que é mais engraçado, Elinor?

– O quê?

– Eu nem *penso* mais em dinheiro.

Queenie soltou uma risadinha irônica.

Duas ou três vezes por semana, Queenie levava James de carro até Gavin Pond para visitar suas filhas. James adorava Tommy Lee e brincava com a criança até dizer chega. Mas nem sempre se lembrava do nome do menino, chamando-o de Danjo, Malcolm ou John Robert. Muitas vezes, parecia se esquecer de Danjo, ouvindo de forma distraída as cartas que Queenie lia para ele.

Quando ela terminava, James sempre dizia com impaciência:

– Queenie, vamos à lagoa hoje à tarde. Preciso ver meu garotinho.

– Nós fomos lá ontem, James – respondia ela.

– Ontem?

– Exatamente. E não podemos ir hoje outra vez. Aquelas meninas vão se cansar de nós e pôr um cadeado no portão.

À noite, Queenie às vezes era acordada pelo som de James perambulando pela casa. Ele abria a porta do quarto dela e ficava parado ali, como um Lázaro perplexo à entrada da tumba. Seus olhos arregalados não viam nada.

– Quem está aí? – chamava James na escuridão. – Grace, é você? Genevieve?

– Sou eu, Queenie. Volte para sua cama.

– Onde estão todos? Por que a casa está vazia?

CAPÍTULO 15
O voo

A morte do presidente Roosevelt, em abril de 1945, causou mais impacto em Perdido do que o bombardeio de Pearl Harbor ou qualquer outro dos principais eventos da Segunda Guerra Mundial. Afinal de contas, Roosevelt fazia parte das conversas cotidianas havia mais de doze anos. Todos os sinos das igrejas da cidade repicaram por meia hora no Dia D. Para lamentar a morte do presidente, tocaram pelo dobro do tempo. Nem a rendição dos alemães, que veio pouco depois, foi tão impactante.

Frances e Billy não haviam feito planos definitivos para o casamento, mas a morte de Roosevelt e o fim do conflito na Europa deram a todos a impressão, justificável ou não, de que a guerra havia acabado. A disciplina na Eglin era menos rígida do que nunca. Os homens alistados só queriam ir à praia e continuar frequentando as aulas de Billy até o dia em que os japoneses se rendessem – o que não poderia estar muito longe de acontecer. Um dia, sentado à varanda com tela do andar de cima depois do almoço, Billy disse a Elinor:

– Talvez Frances e eu devêssemos pensar em casar no mês de julho.

– Vai ser dispensado do serviço militar? – perguntou Elinor.

– Já dei entrada no pedido. Já servi bastante tempo, acho que vão aceitar minha dispensa.

Elinor encarou o futuro genro com uma desconfiança bem-humorada.

– Não anda mudando de ideia, espero.

– Sobre o quê, Sra. Caskey?

– Sobre tirar minha garotinha de mim. Ela é tudo o que tenho.

Billy riu. Elinor Caskey, chefe da família, rica, sempre cercada de parentes, requisitada em toda a cidade e até em Mobile e Pensacola, dizer que sua filha mais nova era tudo o que tinha parecia ridículo para ele.

– É verdade – afirmou Elinor, séria. – Se levar Frances embora, eu morro. E não é só isso. Frances morreria também.

– Duvido que seja o caso – retrucou Billy. – Mas

não vou levá-la embora. Não há motivo para se preocupar.

– Fico feliz. Há espaço suficiente nesta casa para todos nós.

– Sim, senhora – concordou Billy. – Só espero que a senhora e o Sr. Caskey estejam preparados para sustentar um genro por algum tempo. Meu pai tem todo o dinheiro do mundo, mas não verei um centavo enquanto ele estiver vivo. E pode ser que eu demore um pouco para arranjar um emprego.

– Isso não nos preocupa – Elinor o tranquilizou. – Quando acharmos que deve parar de se aproveitar de nós, você ficará sabendo.

～

Billy foi dispensado da Força Aérea na primeira semana de julho. Todos os seus pertences foram transferidos para a casa de Oscar e Elinor. Frances e ele se casaram no final do mês, em uma cerimônia simples no calor escaldante da sala de estar de Elinor. Ninguém em Perdido conseguia entender por que os Caskeys, que eram tão ricos, nunca organizavam grandes casamentos em igrejas, como qualquer outra pessoa na posição deles certamente faria.

Elinor poderia ter arcado com um casamento suntuoso para a filha, mas a cerimônia e a recepção deviam ter lhe custado menos de 50 dólares. Talvez, cogitou Perdido, Frances estivesse grávida. A verdade era que os Caskeys apenas agiam como de costume. Seus casamentos eram sempre repentinos, precipitados, informais. Nenhum deles teria se sentido à vontade vendo a noiva na igreja, com montes de flores e fileiras de damas de honra. Havia também o empecilho do pai de Billy, que se recusara a ir à cerimônia, enviar seus parabéns, falar com qualquer membro da família da noiva ao telefone ou sequer contribuir com 5 dólares como presente de casamento. Ao final da cerimônia, antes mesmo de Billy e Frances se afastarem após o primeiro beijo como marido e mulher, Miriam atirou para o lado seu buquê que murchava e exclamou:

– Deus do céu! Suba comigo, Sister, e me ajude a tirar este maldito vestido. Estou com um alfinete espetando aqui na lateral desde as duas da tarde!

Billy e Frances ficaram felizes que o casamento tivesse sido modesto. Parecia combinar mais com o tom do cortejo discreto entre os dois do que algo mais pomposo. Passaram uma semana de lua de mel em Nova Orleans, depois voltaram para Perdido. Embora os pertences de Billy estivessem armazenados no salão de entrada, o casal dormiu no quarto de Frances ao lado do quarto-varanda.

Os Caskeys estavam satisfeitos com o marido da jovem. Um dia, não muito depois do casamento, Elinor disse a Sister e Queenie:

– Vocês perceberam a diferença entre mim e Mary-Love? Notaram que minha garotinha se casou, mas não foi embora de casa? Viram como o marido dela está contente em viver sob o mesmo teto que eu?

Embora não tivesse falado nada, Miriam estava grata por Billy não ter procurado trabalho na madeireira, onde o poder que ela havia acumulado meticulosamente poderia ser ameaçado pela força de sua autoridade como homem.

Com o dinheiro fornecido pelo pai, Grace comprou aproximadamente 2 mil hectares de terras ao redor de Gavin Pond e contíguas à propriedade. A maior parte dessas terras estava improdutiva desde o começo da Grande Depressão, sendo que um pedaço era basicamente uma floresta subtropical, com lagoas e riachos que abrigavam jacarés e corriam tão suaves e silenciosos que nem sequer pareciam se mover. Grace ainda não queria dar uso àquelas terras, mas, como todos os Caskeys, o fato de possuí-las era suficiente para tranquilizá-la. Agora, ninguém poderia invadir a estimada privacidade dela e de Lucille. O isolamento das duas estava garantido.

Grace seduziu Luvadia Sapp a viver em Gavin Pond com a promessa de que ela poderia pescar quanto quisesse. Luvadia levou consigo o filho ilegítimo de 3 anos, Sammy, cujo pai era Escue, o filho de 43 anos de Roxie. Eles moraram durante seis semanas na cozinha até Escue Welles construir uma pequena casa para a família, escondida no bosque de ciprestes ao lado da lagoa e próxima ao cemitério. Luvadia conseguia ver os epitáfios da janela da cozinha. Escue decidiu não voltar para Perdido, mas continuar com os dois. Largou o trabalho na madeireira e foi contratado por Grace como capataz. Ele não poderia saber menos sobre como cuidar de uma fazenda, mas era trabalhador e Luvadia o amava.

Grace havia limpado o pomar de nogueiras na primavera anterior, cortando os carvalhos e os pinheiros que tinham destruído a simetria do conjunto de árvores maciças. Cortara a grama rente e limpara o córrego que passava por ali. Fora com

Lucille até Miami, no Oklahoma, onde comprou 75 novilhas. Até mesmo Lucille conseguia diferenciar as vacas e mantinha um registro meticuloso de seus pedigrees, especialmente depois de adquirirem Zato, um touro premiado que valia cada centavo dos 11 mil dólares que pagaram por ele. Os animais pastaram alegremente entre as nogueiras durante todo o verão, mas agora o outono tinha chegado e Grace estava ansiosa por colher as nozes.

Em um fim de manhã de setembro de 1945, Grace subiu em sua picape e seguiu para Babylon. Luvadia e Escue se sentaram juntos na traseira do veículo. Ela dirigiu até a área dos negros da cidade e começou a buzinar. Luvadia e Escue se levantaram na caçamba e gritaram:

– Nozes-pecãs! Nozes-pecãs!

Grace dirigia lentamente. Adolescentes saíram de suas varandas e foram até o quintal, saltando na picape. Nas casas, homens desempregados foram despertados pelas mulheres, vestidos às pressas e empurrados pela porta na direção do veículo. Mães subiram com os bebês embrulhados em panos em volta do corpo. Grace parava de vez em quando para alguma velha decrépita ser içada para junto dos demais. Quando a caçamba já estava lotada, ela desceu a estrada de volta a Gavin Pond.

No portão do pomar de nogueiras, cada catador recebeu um saco de aniagem para encher. Luvadia levou todas as crianças novas demais para trabalhar até sua casa e as deixou com Sammy. Os empregados praticamente voaram nas árvores e começaram a apanhar todas as nozes do chão.

Armada com um pedaço de pau, Grace patrulhava a área em busca de cobras e enxotava as vacas curiosas. Os dois homens negros maiores desceram sistematicamente cada uma das fileiras do pomar, passaram os braços em volta dos troncos das árvores (embora a circunferência deles nunca lhes permitisse enlaçá-los por completo) e as balançaram até uma chuva de nozes cair.

Os catadores trabalharam a manhã inteira, sempre curvados, sem nunca erguer os olhos, às vezes cantando hinos juntos, em outras apenas cantarolando ou trocando fofocas. Lucille e Luvadia trouxeram inúmeros pratos de biscoito e broa de milho, enquanto uma das crianças não fazia nada além de encher jarros d'água do córrego que corria pelo pomar.

Eles pararam de trabalhar às onze e se encaminharam para a casa de Luvadia, onde todos receberam presunto, feijão-de-corda e couve-manteiga. As próprias Grace e Lucille serviram os pratos e os distribuíram. Quando voltaram ao trabalho à tarde, os catadores de nozes concordaram que nenhum fazendeiro jamais tinha sido tão gentil com eles. Ao longo do dia, arrastaram seus sacos de aniagem, já cheios ou pesados demais para manejar, até a varanda da casa. Ali, os fardos foram pesados por Escue e a pesagem, registrada ao lado dos nomes dos catadores. Às três da tarde, Grace totalizou o peso e pagou aos catadores o valor de 5 centavos por libra. Alguns ganharam até 6 ou 7 dólares. Em seguida, ela levou todos de volta para Babylon. Muitos adormeceram logo que subiram na caçamba da picape, apesar do trajeto acidentado em meio à floresta. Todos saltaram no centro da área dos negros da cidade, e Grace prometeu voltar para apanhá-los ao raiar do dia seguinte.

A notícia circulou por Babylon naquela noite e, na manhã seguinte, Grace nem sequer precisou tocar a buzina. Pessoas estavam à espera nas varandas das casas, e ela só precisou fazer uma parada. A caçamba da picape se encheu imediatamente. Luvadia e Escue chegaram a se sentar à frente com Grace para que mais alguns trabalhadores pudessem se espremer na traseira. Tantos ficaram desapontados que Grace prometeu fazer uma segunda viagem naquela manhã.

Durante duas semanas, os catadores foram a Gavin Pond e, no fim daquele período, não restou uma só noz-pecã no solo ou nas árvores. Grace ofereceu a cada um dos catadores um bônus de 2 dólares por terem sido tão meticulosos. A sala de estar da casa estava repleta de sacos de aniagem. Com a ajuda de Escue, Grace carregou os sacos na picape e os levou até o atacadista em Jay, recebendo 20 centavos por libra. Guardou um saco para si, outro para Luvadia e mais quatro para Perdido. Miriam pediu dois, dividiu as nozes em lotes de 10 libras cada e os enviou a revendedores no Norte.

O lucro de 700 dólares de Grace foi modesto, e nem começaria a restituir o que gastara nas novilhas, na compra da terra ou nas melhorias que vinha fazendo na propriedade, mas isso não a impedia de se orgulhar do trabalho. Sentiu-se incentivada a continuar, comprando porcos e galinhas. Assim que Tommy Lee aprendeu a andar, recebeu um pequeno saco de grãos e foi ensinado por Sammy a dar comida às aves.

A colheita de nozes teve um efeito colateral, que Grace e Lucille não haviam previsto. As duas foram apresentadas a Babylon. Tornaram-se conhecidas por toda a comunidade negra e, com o tempo, também pela comunidade branca.

Grace percebeu que já não havia motivo para manter a existência das duas em segredo e começou a fazer negócios com as lojas de grãos e ração. Fazendeiras mulheres não eram algo estranho naquelas bandas, pois, após cada uma das guerras, já era tradição que as viúvas assumissem a administração das propriedades. Além disso, Grace impunha respeito por vários motivos: o sucesso na colheita de nozes-pecãs, a compra de tantas terras com dinheiro vivo e sua determinação.

As pessoas do Sul são bastante tolerantes no que diz respeito a certas condutas. Elas ficarão indignadas se algo fora do comum for apresentado como uma possibilidade futura, mas em geral aceitam, sem rancor ou julgamento, se descobrirem que uma circunstância extraordinária é um fato consumado.

Se os homens que frequentavam as lojas de grãos e ração ficassem sabendo que duas mulheres compraram Gavin Pond para transformar o terreno na maior fazenda do condado, clamariam pela revogação do direito ao voto feminino. No entanto, confrontados com Grace, mostravam-se dispostos a aceitá-la, bem como sua prima Lucille e o filho pequeno dela. As duas mulheres e o menino iam juntos à cidade aos sábados, Grace ao volante, Lucille ao seu lado, aos solavancos, com Tommy Lee no colo. Luvadia, Escue e Sammy iam na traseira.

Todos que cruzavam com eles na estrada os conheciam, levantando um só dedo por sobre o volante em um cumprimento silencioso. Grace e Escue passavam o sábado fazendo compras, enchendo a caçamba da picape de grãos e suprimentos, enquanto Luvadia e Sammy iam à mercearia comprar comida para a semana e Lucille ficava com Tommy Lee ao balcão da farmácia, fofocando.

Grace e Lucille refletiam sobre como a vida delas na fazenda era diferente do que tinham vivido em Perdido. As expectativas de sua juventude não haviam se cumprido. Grace se perguntava por que dera aulas quando era tão mais feliz entre vacas, porcos e galinhas. Como Lucille poderia ter flertado com aqueles recrutas horríveis quando Grace estava bem ao seu lado?

Às vezes, durante a semana, Lucille deixava Tommy Lee com Luvadia e então Grace e ela iam a Babylon jantar lampreia e assistir a um filme no cinema. Isso logo se tornou um hábito muito estimado para as primas nas noites de quarta-feira, quando um novo filme entrava em cartaz. As pessoas sentadas às varandas de suas casas apontavam quando a picape passava e diziam:

– Lá vão Grace e Lucille ao cinema. Não devem nem saber o que está passando.

∽

O inverno chegou a Gavin Pond. Algumas folhas ficaram castanhas, mas o clima ameno não conseguiu convencê-las a cair. As flores de fim de verão continuavam a brotar, determinadas a ignorar o calendário. Às vezes, Lucille e Grace vestiam suéteres quando iam à cidade nas noites de quarta-feira.

A segunda quarta-feira de janeiro de 1946 trouxe consigo uma noite fria. Deixando Tommy Lee aos cuidados de Luvadia, Grace e Lucille colocaram seus suéteres, subiram na picape e foram até Babylon. Jantaram no restaurante de lampreias na Ponce de Leon Road, onde todos as conheciam e onde o prato de sempre era servido sem que precisassem pedir.

Mais tarde, no cinema, viram uma sessão dupla que consistia em *Dillinger* e *Os quatro testamentos*. Saíram do cinema às onze. A noite estava ainda mais fria e estrelada. A lua em quarto minguante só apareceria depois da meia-noite.

A agência de correios de Babylon fechava às cinco da tarde, mas a porta da frente ficava aberta, dando acesso às caixas postais. Grace parou em frente ao prédio de tijolos baixo, passou pela entrada, andou até a parede em que as caixas estavam e girou a combinação. Puxou lá de dentro um pequeno maço de cartas, fechou a portinhola e voltou à picape.

– O que recebemos? – perguntou Lucille, empolgada.

– Propagandas de leilões de gado para mim, um catálogo de sementes para você e uma carta do Danjo.

– Ah, vamos ler agora mesmo!

Lucille acendeu a luz na cabine da picape. Depois de olhar para os selos da Alemanha ocupada no envelope, Grace abriu o envelope e leu:

Querida Grace,

Decidi escrever para você porque não quero escrever diretamente ao tio James. Ele pode ficar zangado. O motivo é que eu acabei de me casar. É uma notícia maravilhosa e sei que ele vai ficar feliz por mim. O problema é que ela é alemã e ainda não posso sair do país dela. Eu nem a devia ter conhecido, por causa das regras contra a confraternização e tudo mais, mas conheci e nós nos apaixonamos. Ela é a filha mais velha do conde dono deste castelo. Ele morreu no mês passado e nós nos casamos. O nome dela é Fredericka von Hoeringmeister. Eu a chamo de Fred, então agora ela é Fred Strickland.

Ela não tem um tostão e é preciso muito dinheiro para manter um castelo, então provavelmente vai deixar a irmã ficar com ele e voltar comigo para o Alabama. Isto é, assim que eu conseguir dar um jeito de ela sair do país. Ela não é nazi nem nada. O conde também não era. Mesmo assim, não gostava de americanos, e é por isso que Fred e eu esperamos até que ele morresse. O tio Oscar conhece alguém no Congresso? O Congresso poderia me ajudar a levar Fred para o Alabama.

Não sei o que fazer em relação a tio James. Devo lhe escrever? Você conversaria com ele? Fred não se importaria em morar com ele quando voltássemos, se ele não se importar em ter uma alemã em casa. Fred arrumava minha cama todas as manhãs, foi assim que nos conhecemos. Cerca de quinze de nós estão ocupando o castelo. Vou ser dispensado da Força Aérea daqui a seis meses, então tentarei voltar. Mas não vou voltar se não puder levar Fred comigo. Precisarei de sua ajuda, Grace. Conte para todo mundo. Não posso escrever dez cartas dizendo a mesma coisa.

Com amor, Danjo.

P.S.: Fred mandou lembranças.

A carta foi surpreendente e causou um debate entre Grace e Lucille enquanto voltavam para Gavin Pond. Grace temia contar ao pai que seu menino de ouro tinha se casado e que isso talvez atrasasse seu tão esperado retorno a Perdido.

– James vai descobrir – argumentou Lucille. – Não podemos manter isso em segredo. Se um deles descobrir, a notícia vai chegar ao tio James, então é melhor contar logo. Ele vai superar, ainda mais considerando que Danjo e Fred pretendem morar com ele. Como será que ela é? Espero que Danjo a tenha ensinado a falar inglês.

– Bem – falou Grace, virando na estrada escura para entrar na escuridão ainda maior da floresta –, não vou tomar uma decisão no meio da noite. Vamos resolver isso pela manhã.

Grace dirigia com cautela. A picape sacolejava no chão duro. Ela se debruçava sobre o volante e fitava a noite. Lucille saltava para cima e para baixo, segurando a carteira sobre a cabeça para não se machucar quando era jogada contra o teto da cabine. Ao chegarem ao portão da fazenda, Lucille saiu para abri-lo. Grace passou com a picape e sua companheira subiu no estribo para os 400 metros restantes até a casa.

Não havia nenhuma luz acesa.

– Luvadia deve ter adormecido outra vez – falou Lucille, balançando a cabeça enquanto saltava do estribo.

Grace desligou o motor e exclamou:

– Não! Ouça!

De dentro de casa, vindo da janela aberta do quarto delas, ouviram o som distante de uma voz masculina cantando.

– Mas quem...? – Lucille começou a falar.

– É o papai – sussurrou Grace, perplexa.

Ela abriu a porta da picape sem fazer barulho e saiu.

– O que tio James está fazendo aqui a esta hora da noite? – perguntou Lucille. – E cadê o carro dele?

Grace balançou a cabeça. Sentiu um arrepio. De repente, a noite pareceu muito fria.

– O que ele está fazendo lá em cima? – indagou Lucille, dando a volta na picape e pegando a mão de Grace.

As duas olharam para a janela escura do quarto.

– Ele está cantando para Tommy Lee – disse Grace em voz baixa. – Psiu! Meu Deus! Eu tinha me esquecido dessa canção. Ele a cantava para mim todas as noites. É uma cantiga de ninar.

A voz de James Caskey, trêmula e distante, flutuava pela janela.

Voa, voa, joaninha.
Seu papai já se avizinha.
A mamãe em Moscou ficou, mas Moscou se incendiou.
Voa, voa, joaninha.

No fim da canção, a voz dele sumiu. O mundo inteiro pareceu cair em silêncio. Lucille e Grace se entreolharam na escuridão. Em seguida, entraram na casa pela cozinha a passos leves. Encontraram Luvadia sentada à mesa, com a cabeça pousada nos braços cruzados, adormecida.

Grace a sacudiu devagar.

– Srta. Grace – falou Luvadia, grogue, antes mesmo de abrir os olhos.

– Quando papai chegou aqui? – perguntou Grace.

– Senhora?

– O papai... – repetiu Grace. – Quando ele chegou aqui?

– Senhora? Sr. James não está aqui...

Lucille já estava à beira da escada, seu pé no degrau mais baixo.

Grace correu até ela.

– Não, não suba!

– Tommy Lee... – murmurou Lucille, à guisa de explicação, e começou a subir as escadas em direção ao quarto escuro.

Grace empurrou Lucille para passar e subiu às pressas até o andar de cima. Escancarou a porta do quarto. Uma rajada de vento forte soprou pelo recinto, as cortinas lançadas para fora com um *vupt* em direção ao ar noturno.

Grace correu até o berço, mas, mesmo naquela escuridão, sabia que Tommy Lee não estava mais ali.

Ela correu até a janela, pôs a cabeça para fora e gritou:

– Pai! Traga ele de volta!

A luz se acendeu.

– Grace! O que está aconte...?

Grace se virou com uma expressão de angústia.

Tommy Lee estava deitado na cama, aninhado entre dois travesseiros. Ao lado da criança adormecida, o colchão macio estava afundado, descrevendo o contorno de uma longa forma humana.

Intrigada, Lucille passou a mão por sobre a depressão na colcha de chenile.

– Ainda está quente – constatou.

Lá embaixo, o telefone tocou. Grace pegou Tommy Lee da cama e o aninhou nos braços.

– Vá atender – pediu ela.

Vendo as lágrimas nos olhos de Grace, Lucille desceu correndo as escadas.

Era Queenie, ligando para informar que James havia morrido de ataque cardíaco.

– Acabei de chegar em casa – explicou ela, com uma voz hesitante e distraída – e o encontrei estirado bem em frente à porta da sala. Se não tivesse acendido a luz, teria tropeçado no corpo.

CONHEÇA A SAGA BLACKWATER

I. A enchente

II. O dique

III. A casa

IV. A guerra

V. A fortuna

VI. A chuva

Para saber mais sobre os títulos e autores da Editora Arqueiro,
visite o nosso site e siga as nossas redes sociais.
Além de informações sobre os próximos lançamentos,
você terá acesso a conteúdos exclusivos
e poderá participar de promoções e sorteios.

editoraarqueiro.com.br